L'appel de la Camargue

FSC

www.fsc.org

MIXTE

Papier issu
de sources
responsables
Paper from
responsible sources

FSC® C105338

PATRICIA SERVIOLE

L'appel de la Camargue

Du même auteur :
Un amour de Cigale (2016)

Édition : BoD – Books on Demand
12/14 rond-point des Champs-Élysées, 75008 Paris
Impression : Books on Demand GmbH, Norderstedt, Allemagne
ISBN : 978-2-3224-0351-6
Dépôt légal : septembre 2021

À Misette qui a tant aimé la Camargue.

I

Dès que Fanny ouvre les volets de la porte-fenêtre, le soleil s'engouffre largement dans le salon. Une vue totale sur le mont Ventoux qui ne lasse pas la jeune femme. Puis durant un instant, elle scrute la propriété de ses parents avec son terrain de cinq mille mètres carrés. De nombreux végétaux se dispersent et embellissent la surface : un olivier à la charpente vieillie, un cyprès de Provence, des lauriers roses et un imposant platane bicentenaire apportant un bel ombrage sur la terrasse dès le printemps. Elle remarque que l'espace engazonné autour de l'olivier jusqu'à la dalle piscine a pris un peu de hauteur et que quelques brindilles tapissent le sol. La seule partie qui ne demande pas d'entretien particulier reste l'abri voitures, compacté en gravillons. Un jardin longtemps entretenu par son père, et qui, par la force des choses, sera confié sans doute à un professionnel.

Fanny s'arme de courage avant d'aller à l'étage dans la chambre parentale. Elle renverse sa tête en arrière en humant à pleins poumons cette douceur de juin, puis ira caresser une veste dans le dressing ou toucher un peigne à cheveux dans la salle de bains. Béatrice, qui s'est absentée quelques jours, a chargé sa fille, avant de partir, d'enlever toutes les affaires du défunt. Michel a succombé à une crise cardiaque, voilà un mois ; sa femme et ses enfants avaient la connaissance de son désir d'être incinéré, et que l'urne contenant ses cendres soit inhumée au cimetière dans le caveau de ses parents à Arles, commune des Bouches-du-Rhône. Cet Arlésien était installé avec sa famille à Bédoin dans le Vaucluse depuis des années, pourtant, c'est dans le pays camarguais qu'il avait choisi de reposer. Le jour même de la perte de son époux, la veuve a expressément transféré ses vêtements pour emménager dans une autre chambre, justifiant qu'il lui était impossible de dormir dans celle d'origine. Il y a quatre pièces à l'étage de la maison, trois sont réservées au couchage, la quatrième est consacrée au rangement. Huit jours après les obsèques, Béatrice a rejoint Maguy, dans le Morbihan, une amie de trente ans. La veuve a ressenti le besoin de s'éloigner de sa maison pour trois semaines, et envisageait quelques aménagements dans son ancienne chambre à son retour. Une pièce de dix mètres carrés qui deviendrait un immense dressing pour accueillir sa collection de vêtements, de chaussures, de sacs et autres accessoires. Il existe déjà ce type de rangement à l'étage, mais celui-ci sert au linge de maison, et Béatrice souhaitait avoir sa propre garde-robe. Pour cela, il fallait donc libérer l'ancienne chambre des affaires de Michel pour réaliser un tel projet.

Lorsque Fanny entre dans la chambre, le manque de lumière et la sensation d'odeur de renfermé l'asphyxient. Sans réfléchir une seconde de plus, elle ouvre la fenêtre puis détache les volets mis en cabane. Une bouffée d'air pur s'engouffre en même temps que la lumière naturelle qui redonne aussitôt vie au mobilier. Puis, la jeune femme commence à vider le contenu de la table de chevet de son père. Elle dépose sur la literie des lingettes nettoyantes pour lunettes, un paquet de mouchoirs jetables, des magazines de pêche et de mots fléchés.

Alors qu'elle ouvre l'armoire en grand, une fine odeur de bois nourrit ses narines. Elle s'attaque à la penderie en conservant les cintres acajou et plie les vêtements très soigneusement pour les déposer dans des cartons préalablement apportés. Les casiers se vident peu à peu, dévoilant une boîte en carton rigide avec des poignées en métal de dimension moyenne. En ôtant le couvercle, un tas de cravates aux couleurs passées font leur apparition. De vieilles étoffes qui auraient dû assurément être jetées. Si bien qu'en les retirant, son attention est attirée par un vieil album. Cet objet ancien orné d'une croix camarguaise nourrit sa curiosité. «Que fait cette chose là-dedans?» s'étonne-t-elle en s'asseyant sur le rebord du lit. Elle est certaine de le voir pour la première fois, en l'ouvrant, son cœur s'emballe tel celui d'une petite fille bravant un interdit. Sur la page de garde, elle lit une note écrite par son père : *Les Terres du Sauvage.*

Elle tourne les feuilles avec soin car le film collant ne protège plus certaines photos. En feuilletant, elle découvre des photos de son père en Camargue : assis jambes ballantes sur le rebord d'un ponton en bois ; en cavalier montant à cheval ; en pêcheur à bord d'un bateau ; en spectateur pour le marquage au fer rouge des bovins. Puis, il y a des clichés avec quatre hommes et deux femmes, Michel devait les apprécier puisqu'ils apparaissent plusieurs fois dans ce livret. Son père évoquait quelquefois Arles, il disait y avoir grandi et qu'il avait quitté la région après son mariage. Cela étant, il n'avait pas cité cet endroit de la Camargue, était-ce volontaire ou non ? Fanny ne connaît pas vraiment le pays camarguais, généralement la plupart des vacances en famille se programmaient vers l'océan Atlantique. Plus précisément le golfe du Morbihan où réside Maguy, lieu favori pour Béatrice qui s'y rend souvent dans l'année.

Fanny se chagrine que son paternel ne soit plus là pour commenter ces souvenirs où il semblait être heureux. Un départ trop injuste. Cependant, elle trouve étrange que cet album soit à cet endroit. Pourquoi a-t-il été dissimulé sous ces cravates ? Pourquoi ne pas l'avoir remisé avec les autres photographies dans le séjour ?

La musique de son portable la fait sursauter, l'appel entrant indique son frère.

— Salut, Laurent !

— Salut ! Tu es au mas ?

— Oui. Pourquoi ?

— Je dois venir tondre.

— Elle t'a chargé de ça avant qu'elle ne parte ?

— Tout comme elle t'a demandé de vider la chambre.

— Je pensais qu'elle ferait appel à un professionnel.

— C'est prévu pour la prochaine fois. Dis-moi, tu seras encore là d'ici une heure ?

Sans réponse de sa part, il réplique.

— Fanny ?

Silence.

— Fanny ? Est-ce que tu m'entends ? Allô ?

— Je serai là.

— J'ai cru qu'on avait été coupés, se rassure-t-il en l'entendant de nouveau.

— J'ai trouvé un album sur la Camargue. Des photos de papa qu'on n'avait jamais vues. Tu n'imagines même pas où il était enfoui ?

— Dans la chambre, je présume.

— Il était enseveli sous un tas de cravates. C'est peu commun comme rangement, tu ne trouves pas ?

Tout en répondant, elle caresse la couverture de l'album.

— En effet. Eh ben, tu n'as plus qu'à le mettre au bon endroit.

— C'est curieux qu'il ne nous ait pas parlé des Terres du Sauvage.

— Les Terres du Sauvage ? répète-t-il. C'est en Camargue, tu dis ?

— C'est ça.

— Jamais entendu parler. Si tu veux, on en reparle quand j'arrive.

— OK !

*

Le portail automatique s'ouvre largement, laissant le véhicule entrer avec facilité. En apercevant son frère, Fanny sort à sa rencontre.

— Salut, petit frère ! dit-elle en l'enlaçant.

En jetant un œil par-dessus l'épaule de sa sœur, le jeune homme constate que sa mère a légèrement exagéré sur la hauteur de la pelouse.

— Elle m'a dit que l'herbe allait lui chatouiller sous les bras si je ne tondais pas. Elle a les aisselles si basses ?

— Elle veut un green parfait, tu le sais bien.

— Encore faut-il qu'elle sache jouer au golf, ironise-t-il.

— Veux-tu boire quelque chose ? J'ai vu qu'il y avait de l'eau pétillante aromatisée au citron au frais, propose-t-elle. Je m'en suis servi un verre en arrivant !

— Volontiers.

En entrant dans la cuisine qui donne sur le salon, Laurent voit le travail accompli par son aînée. Une quantité d'emballages cartonnés sont prêts pour une association de bienfaisance.

— Ça en fait, des cartons !

— C'est qu'il en avait, des affaires.

En passant devant un meuble bas, il sourit en se découvrant avec sa sœur à l'âge junior à la mode des années quatre-vingt.

— Cette photo m'a toujours fait sourire. Quelle allure on avait tous les deux, se moque-t-il en montrant le cadre.

— Si le jaune poussin t'allait comme un gant, je faisais plus d'effet avec la couleur orange ! avoue-t-elle en y prêtant attention.

Elle l'invite à boire en terrasse en saisissant le vieil album à son passage. Installés dans le salon en teck, ils sirotent leur boisson aromatisée et poussent un soupir en même temps.

— C'est ce dont tu parlais ? demande-t-il en le remarquant.

— Oui. Jette un œil.

Elle le lui glisse devant en souriant. Laurent ne détache pas ses yeux de ces anciennes photos où le bonheur de leur père s'affichait amplement. Pendant de longues minutes, les deux jeunes gens ne prononcent pas un mot. Un calme absolu règne autour d'eux, même le bruit environnant est imperceptible, comme un appel au silence pour apprécier cet instant.

— Il me manque, lâche-t-elle.

Son frère compatit par un hochement de tête.

— Tu crois que maman l'a déjà vu ? demande-t-il.

— Ben, nous verrons cela dès qu'elle reviendra.

— Je n'ose même pas imaginer si c'est la première fois

qu'elle le voit, craint-il. Tu crois que ma présence sera nécessaire ?

— Lâcheur ! lance-t-elle avec des petits yeux. Rassure-toi, je m'en sortirai bien toute seule.

— Ouf ! rit-il. Avant tout, il faut qu'elle ait un créneau dans son planning, tu sais comme elle est très occupée, ironise-t-il.

— On trouvera bien cinq minutes.

— Sûrement. Sur ce, j'ai une tonte qui m'attend, sinon la propriétaire risquera de rugir.

Tandis qu'il se dirige vers le garage où se trouve le tracteur autoporté, sa sœur retourne à ses occupations.

2

En conversation avec son amie Laura sur son projet de fleuriste, Fanny entend un «bip» sur son smartphone qui signale un double appel. En vérifiant, elle s'aperçoit que sa mère tente de la joindre. Fanny lui avait laissé un message demandant de bien vouloir la rappeler dès son retour au mas.

— On se rappelle plus tard, ma belle, je dois répondre à ma mère.

Aussitôt, elle prend l'appel.

— Bonjour, maman.

— Enfin, j'ai cru que j'allais parler à ton répondeur.

— J'étais en conversation avec...

Béatrice l'interrompt sans lui laisser le temps de finir.

— Tu m'as laissé un message disant de te rappeler. Qu'y a-t-il ?

— J'ai une petite chose à voir avec toi et par téléphone ce n'est pas le top. Si tu n'es pas trop occupée aujourd'hui, est-ce que je pourrai m'avancer à la maison ?

— Laisse-moi réfléchir un instant... Je regarde mon agenda...

Pendant que sa mère cogite, Fanny pense à la phrase de son frère : «Faut qu'elle ait un créneau dans son planning!»

— Tu es chanceuse, je pense rentrer vers dix-huit heures trente. Tu n'as qu'à venir à ce moment-là, propose-t-elle.

— Parfait.

*

En s'installant dans le salon chez sa mère, Fanny laisse promener son regard dans la pièce. Comme d'habitude, tout est parfaitement rangé. Le sol est ciré, les meubles blancs sont immaculés, la vitrine en verre est si translucide que la collection de santons provençaux semble être suspendue dans le vide. La jeune femme a une immense compassion pour la femme de ménage, cette dernière doit être en apnée avec une patronne aussi maniaque que Béatrice. Fanny a suffisamment connu les éclats de voix de sa mère durant son enfance : tout devait être rangé, pas de verre s'égouttant sur l'évier, pas de torchon posé sur le plan de travail, clairement un moindre détail irritait Béatrice. Son obsession devenait parfois pesante pour les proches, une manière de vivre qui a eu l'effet contraire sur ses enfants qui sont ordonnés mais pas obnubilés par le rangement.

— Qu'est-ce qui ne pouvait pas se régler au téléphone, ma fille ?

Alors que Béatrice arrange ses cheveux au carré avec ses doigts, Fanny fouille à l'intérieur de son cabas et sort le livre souvenir.

— C'est quoi, ça ?

— Un album de photos que j'ai trouvé dans l'armoire de papa, dit-elle en le lui tendant.

— Je vois très bien ce que c'est, je ne suis pas aveugle et garde-le sur toi, c'est poussiéreux ! exige Béatrice pensant voir d'infimes particules s'en échapper.

— Tu exagères. Sinon, tu l'avais déjà vu ?

— Je croyais cette chose aux ordures.

— Pourquoi aux ordures ? s'étonne Fanny tout en ouvrant le livret.

— À quel endroit exactement dans l'armoire ?

— Dans une boîte.

Elle juge qu'il n'est pas utile de citer les vieilles cravates.

— Pourquoi devait-il être à la poubelle ? réitère-t-elle.

— Parce que Michel n'en avait plus rien à faire.

— Apparemment, il avait changé d'avis. Il a habité dans ces cabanons ?

— Grand Dieu, non ! se scandalise-t-elle. Quand je pense qu'il voulait en acquérir un pour y passer les vacances, parfois, il me désespérait.

— Et tu n'as pas voulu ?

— Ce n'était qu'une vulgaire cabane en planches, dit-elle avec dédain.

— Une cabane, c'est original comme pied-à-terre.

— Je ne recherche pas l'atypique et encore moins dans les marécages.

— Et est-ce que tu y es déjà allée ?

— Dans cet endroit miséreux ? Un peu de sérieux, Fanny, qu'aurais-je pu bien faire là-bas ?

Puis, Fanny montre un portrait de son père en cavalier.

— Cette photo est belle. Je trouve que Laurent lui ressemble vachement là-dessus.

— C'est vrai. De toute manière, ni lui ni toi n'avez hérité de mes traits.

« Ni de ton caractère ! » rajouterait volontiers Fanny sans pour autant le dire à voix haute.

— Pourquoi vous n'avez jamais parlé de ce passé, à Laurent et moi ?

— Maintenant que tu as sorti cet album d'outre-tombe, tu peux constater qu'il n'y avait rien de particulier à dire là-dessus. Sache que ton père voulait oublier cet endroit minable.

— En tout cas, il semblait heureux.

— Ton père avait toujours le sourire sur les photos.

— Est-ce qu'il y était retourné?

— Pourquoi faire? Un peu de bon sens, Fanny.

— Ben quoi?

— Cet endroit ne comptait plus pour lui, je te dis.

— J'en doute puisqu'il avait gardé cet album. Si tu n'y vois pas d'inconvénient, j'aimerais le garder.

— Cette vieillerie? Soit, s'il n'y a que ça pour te faire plaisir, dit-elle en balayant un geste de la main. À présent, peut-on passer à un sujet plus intéressant? Mon séjour chez Maguy, par exemple.

— Comment va-t-elle, d'ailleurs?

— Beaucoup mieux.

Maguy avait eu une bronchite et elle s'en était parfaitement remise. Béatrice détaille alors ses trois semaines au bord de l'Atlantique chez son amie, divorcée depuis dix ans. Les deux femmes se téléphonent régulièrement à défaut de se voir. Néanmoins, Béatrice monte dans le Morbihan plusieurs fois dans l'année, quand ce n'est pas Maguy qui descend dans le Sud.

Après avoir abordé la Bretagne, Béatrice enchaîne sur le projet qu'elle ficelle pour la ville dont elle est déléguée à soixante-douze ans. Les paroles qu'elle prononce laissent Fanny presque indifférente. Son esprit vagabonde sur la vie de son père près de ces cabanons, qui manifestement ne captive pas sa mère. D'après ses recherches sur Internet, pratique pour la géolocalisation, les Terres du Sauvage relèvent de la commune des Saintes-Maries-de-la-Mer. Elle songe à visiter cette partie de la Camargue aussi dès qu'elle rentrera, elle s'occupera de réserver un endroit pour ses prochaines vacances.

— C'est une bonne idée, non ? termine Béatrice, sourire aux lèvres.

Afin d'éviter tout incident diplomatique, Fanny donne l'apparence d'avoir suivi la totalité de cette conversation. Heureusement qu'entre deux évasions songeuses, elle avait perçu quelques bribes de phrases.

— C'est génial, que feraient-ils sans toi ? la flatte-t-elle, espérant être dans le sujet.

— Je sais, mes collaborateurs ont dit la même chose, se détend-elle en examinant ses ongles impeccablement vernis de bordeaux.

Fanny a un soulagement pour sa bonne répartie. Elle profite de cette situation enjôleuse pour glisser l'idée qui vient de lui germer dans la tête.

— Je pense que je vais y aller, maman.

Béatrice jette un œil à la grande pendule murale en métal indiquant dix-neuf heures, elle n'y émet aucune objection.

— Je fais allusion aux Terres du Sauvage, dit-elle en tapotant le livret sur ses genoux.

— Qu'est-ce qu'il te prend ? se raidit Béatrice.

— J'ai envie de découvrir ce lieu que mon père avait précieusement conservé dans son cœur.

Sans aucune retenue, Béatrice rit cruellement.

— Oh, je t'en prie, épargne-moi cette nostalgie grotesque.

— Tu trouves cela absurde ? rétorque Fanny, piquée au vif.

— Ce n'est pas en y remettant les pieds que tu le feras revivre. Il est mort, Fanny, c'est ainsi.

La jeune femme est suffoquée de voir une telle désinvolture chez cette veuve. Un coup de poing atterri sur son estomac n'aurait pas eu autant d'impact.

— Tu l'as accepté facilement, toi ? se choque-t-elle en rangeant l'album dans son sac.

— Voyons, ne te vexe pas. Je n'ai pas dit cela pour te blesser.

— C'est raté.

— Allons, réfléchis un instant avant de partir là-bas, d'après ton père, l'endroit était reculé. J'imagine qu'il n'y a pas d'hôtellerie avec des prestations.

Fanny quitte le salon avec la gorge serrée. Puis, avant de franchir la porte, elle rajoute :

— J'ai envie de me rendre là-bas que cela te plaise ou non. De plus, je me passe volontiers de soirées mondaines et d'un quatre-étoiles, contrairement à toi. Mais j'ai dû certainement hériter de la simplicité de mon père, aussi.

— Cesse immédiatement ces sarcasmes, se froisse la propriétaire avant que la porte se claque.

3

Cest pour le calme et les abords verdoyants que Fanny a acheté l'appartement où elle vit. Au lendemain de son entrevue avec sa mère, elle prend son petit déjeuner sur sa terrasse du balcon au deuxième étage, en écoutant les cris poussés par des moineaux. Ce matin, la jeune femme est doublement décidée à rechercher une location pour ses vacances d'été, car ce mystérieux et intrigant album renforce son désir de prendre la direction des Bouches-du-Rhône.

Au fond de son canapé face à son ordinateur portable, depuis une demi-heure, elle n'arrive pas à se décider pour un hôtel ou un gîte, pourtant le choix est large contrairement à ce qu'a pu penser Béatrice. De très nombreuses réponses apparaissent sur les Saintes-Maries-de-la-Mer, finalement, elle opte pour la location de gîtes autour du lieu-dit « les Terres du Sauvage ». En diminuant le périmètre, le choix se réduit considérablement. Elle flashe alors sur une annonce qui s'affiche : *Si vous cherchez le calme et la nature, le Clos du Sauvage est pour vous!* Serait-il possible que cette pension soit située près des cabanons présentés sur les photos? Immédiatement séduite, Fanny clique sur la parution qui présente plusieurs angles de vue. La première image montre l'ensemble de la propriété surplombée d'un mas aux pierres apparentes et aux volets bleu lavande. Les suivantes présentent des logements à la location dont l'intérieur est isolé par du lambris verni et le sol couvert de carrelages aux tons clairs. La pièce à vivre offre un canapé trois places au revêtement de tissu ainsi qu'une télévision à écran plat. La cuisine ouverte sur le séjour propose toute la modernité utile au quotidien. La salle de bains décorée de bois flotté est attenante à une chambre douillette très jolie.

Sans réellement y croire, la future vacancière a pioché la bonne carte. La certitude d'être l'heureuse gagnante à ce tirage est d'autant plus réelle lorsqu'elle découvre qu'à deux kilomètres de ce gîte se trouve un petit port avec quelques bateaux, une poignée de toits avec leur jardinet. En zoomant, cela lui évoque les maisons vues dans l'album, même si les images sont plus récentes sur le site. Aussitôt, elle vérifie d'un coup d'œil les vieilles photos près d'elle, puis, un coup d'œil à l'écran. « C'est tout à fait ce qu'il me faut ! » s'écrie-t-elle, tout excitée. Elle relève le numéro et s'empresse d'appeler.

Une sonnerie... Puis deux... À la fin de la troisième, une voix féminine répond.

— Bonjour, madame, je serais intéressée par une location.

— Très bien. Vous souhaitez venir à quel moment ?

— Juillet... Août... hésite-t-elle.

— Deux mois ? se surprend l'interlocutrice. Je crains que cela ne soit pas possible, madame.

— Pardon, je réfléchissais à haute voix. Ce serait éventuellement pour une semaine en août.

Elle lui donne les dates exactes dans la foulée.

— Il y a peut-être un logement de deux pièces disponible. Combien de personnes serez-vous ?

— Une.

— Je vérifie, ne quittez pas.

Durant les secondes d'attente, Fanny prie pour que cela soit libre.

— Madame ? reprend la voix féminine.

— Oui, dit-elle timidement, craignant que cela soit complet.

— Vous désirez retenir ?

— Absolument.

Dès qu'elle a raccroché, Fanny surligne ses jours de vacances sur son calendrier mural. Du coin de l'œil, elle regarde l'heure à sa pendule et s'affole aussitôt devant onze heures quinze. Elle est attendue chez son amie Diane pour midi avec Laura, celle qui complète le trio amical. La future vacancière accélère la cadence même si le trajet n'est qu'à vingt minutes.

Cela fait quinze ans que ces trois quadragénaires se connaissent. Elles se livrent en toute confiance les unes aux autres. Quand Diane a rencontré Pierre, de quatorze ans son aîné, c'est avec l'aide de ses amies qu'elle a prouvé au reste du monde que leur histoire était belle et passionnée. Ensuite, lorsque Laura s'est retrouvée mère célibataire à trente ans, c'est auprès de ses alliées qu'elle a trouvé la force d'élever sa fille alors âgée de deux ans. Quant à Fanny, elle a reçu le même soutien dans sa décision de divorcer, quand il est devenu évident qu'avec son mari ils n'étaient plus que de parfaits colocataires. Ces femmes savent toutes qu'elles peuvent s'appuyer sur leur sincérité et la fidélité du groupe qu'elles forment.

*

Après avoir lavé la grande tasse qu'elle pose sur l'égouttoir, elle file directement sous la douche. Vivant seule, elle ne soucie pas du rangement, en tout cas rien qu'un homme ne puisse «involontairement» oublier : chaussettes traînant dans un coin d'une pièce, rasoir abandonné sur le rebord du lavabo, vaisselle oubliée sur le plan de travail ou déposée dans l'évier, etc. Le célibat a parfois du bon. Cela fait deux ans que ces petites imperfections masculines ne font plus partie de la vie de Fanny, une situation familiale qui n'est pas pour lui déplaire après vingt-deux ans de vie commune avec Alex.

Tous deux s'aimaient follement. Elle avait vingt-deux ans et lui vingt-quatre quand ils se sont mariés. Ils disaient que leur amour était invincible, et pourtant...

Pour lui, elle a fait le choix de ne pas être mère. Alex est resté un homme très sportif et à cheval sur l'équilibre alimentaire. Avec Fanny, ils pratiquaient un footing quotidien. Au départ, ce n'était qu'un simple loisir, puis Alex s'est passionné pour le *running*, plus il avalait les kilomètres, plus il en redemandait. Quant à Fanny, elle se contentait de petits trajets pour maintenir sa forme. Ensuite, Alex a participé à plusieurs marathons, il en a remporté quelques-uns sous les encouragements de sa femme qui le suivait partout. Pendant des années, le sport a été au centre de leur vie sans que cela divise le couple. Jusqu'au jour où cette activité est devenue plus professionnelle pour Alex, sous la gérance d'un sponsor. Fanny a perçu un changement chez son mari, il l'impliquait moins dans ses choix de courses, et lui demandait rarement de l'accompagner. En fin de compte, il était devenu accro au sport. Une fois ou deux, il n'a pas pu enfiler ses baskets en raison d'imprévus personnels ou pour cause de mauvais temps, là, il était particulièrement irritable. Cela devenait pénible à supporter pour Fanny. Malgré tout, elle s'efforçait de montrer une apparence heureuse devant lui ou leurs amis, mais un fossé était en train de s'ouvrir petit à petit entre le couple. Plus tard, leurs relations intimes n'étaient plus passionnelles et leurs conversations se réduisaient à *Bonne journée* ou *Bon appétit*. Leurs tête-à-tête étaient accompagnés par le silence. En définitive, la séparation était inévitable. À l'aube de ses quarante-quatre ans, Fanny avait pris une importante décision : le divorce.

*

Elle hésite entre une tunique fluide ou un chemisier sans manches pour accompagner son pantalon jean et c'est finalement le chemisier aux tons de taupe, beige et blanc qu'elle choisit et parachève sa tenue avec une paire de talons compensés à lanières. Après s'être habillée, elle pivote sur elle-même de droite à gauche devant un miroir sur pied en bois vieilli. Ensuite, elle pratique l'étape maquillage, un peu de fond de teint pour éclairer son visage, un coup de crayon noir sur le contour de ses yeux suivi d'un léger brossage au mascara, et un rose des bois sur sa bouche. La voilà prête.

En roulant au pas dans l'allée en pavés chez Diane, Fanny se gare au plus près de la haie de cyprès pour laisser plus d'aisance aux véhicules des propriétaires. Avant de sortir de l'habitacle, elle jette un rapide coup d'œil au rétroviseur central pour balayer un peu sa frange. À peine pose-t-elle les talons au sol qu'un coup de klaxon la fait sursauter.

— Hey ! On dirait qu'on arrive en même temps, s'écrie Laura par sa vitre abaissée tout en se garant derrière elle.

— Salut, toi! Tu n'as pas Mélanie? constate-t-elle.

— À la maison avec sa meilleure amie, ça me fait des vacances! se ravit-elle en claquant sa portière.

— Mère indigne! se moque Fanny.

— Essaie de vivre avec une fille de presque seize ans, ma chérie.

Les deux amies se serrent dans les bras en échangeant une bise.

En poursuivant leur avancée vers la terrasse, les deux femmes sont accueillies à bras ouverts par leur hôtesse. Le trio s'embrasse.

— T'es venue seule? demande Diane.

— Je l'ai laissée.

— Mère indigne.

— Je sais, on me l'a déjà dit, s'amuse-t-elle en adressant un clin d'œil à Fanny. Elle est avec sa copine, tu t'en doutes bien.

Laura lui tend alors une composition florale et Fanny montre une boîte de pâtisseries à mettre au frais.

— Vous êtes folles, fallait pas apporter tout ça, lance la joyeuse propriétaire.

Pendant que les deux invitées accrochent leur sac sur le dossier d'une chaise, Diane s'engouffre dans l'immense réfrigérateur américain.

— Pierre n'est pas là? demande Fanny en survolant du regard la maison.

— Il a décidé de nous laisser entre filles. Un collègue est venu le chercher. C'est aussi bien comme ça, non? sourit-elle. Tiens, Laura.

Diane lui tend un plateau garni de diverses crudités et de petits feuilletés faits maison.

— Nous ne sommes que trois, Diane ! s'alarme son amie en découvrant les garnitures. Tu disais préparer seulement trois fois rien !

— Il faut ce qu'il faut, on ne va pas se laisser abattre. Tu peux le déposer sur la table en terrasse.

Les trois complices s'installent autour d'un salon en résine tressée en dégustant ces recettes appétissantes avec un verre de vin blanc. Et les discussions vont bon train.

Tout d'abord, Laura évoque sa reconversion de fleuriste qui débute en août prochain. Elle profite du compte personnel à la formation pour s'épanouir dans un métier d'art floral, pour abandonner plus tard la comptabilité.

Ensuite, Diane partage ses nouvelles créations de fauteuils avec son savoir de tapissier. Poussée par son mari, elle a franchi le cap d'ouvrir une boutique à quarante-six ans. Sa carrière s'est terminée il y a deux ans après un licenciement économique ; elle a été remerciée pour ses fonctions d'assistante des ressources humaines dans le plus simple anonymat. Dégourdie et passionnée, elle s'est plongée dans l'artisanat.

Sans projet professionnel contrairement à l'une et l'autre, Fanny partage alors sa réservation au gîte faite quelques heures plus tôt.

— Les filles, j'ai décidé de m'exiler.

— Comment ça, t'exiler ? Partir, partir ? s'inquiète l'une en reposant son verre plein.

— Mais où ça ? s'étouffe l'autre en avalant un feuilleté.

— On se calme, c'est un plan vacances.

— Ouf ! souffle Laura en reprenant son ballon de vin.

— Tu comptes aller où ? demande Diane.

— Aux Terres du Sauvage.

— Pardon ? s'intrigue la première.

— C'est dans quelle ville, ça ? s'ahurit la seconde.

Fanny se bidonne en voyant leurs visages hébétés.

— Près des Saintes-Maries-de-la-Mer à quinze kilomètres d'Aigues-Mortes, informe-t-elle.

— Nous sommes allés à Aigues-Mortes l'an dernier avec Pierre, lance Diane. Nous avions fait le salin en petit train, c'était très sympa, je te le conseille.

— J'ai une semaine pour découvrir les environs, mais je note cette idée.

— Et si tu fais la rencontre de quelqu'un, par pitié, pas un sportif ! lâche Laura.

Tout en croquant dans un radis, Fanny lui répond :

— T'en fais pas, les athlètes m'ont vaccinée. En revanche, je ne dirais pas non pour une masseuse.

Alors que l'une semble à nouveau s'étouffer comme si un aliment venait de se coincer dans sa gorge, l'autre écarquille ses yeux en déglutissant. Éberluées, Laura et Diane se fixent avec des grands yeux.

— Tu peux répéter, s'il te plaît ? demande l'une.

— Les athlètes m'ont vaccinée.

— Ça, on l'a bien entendu. Et puis ?

— Que je ne refuserais pas une masseuse.

— Après tout, nous respectons ton choix, assure l'autre.

Fanny tente de rester sérieuse sur cette ambiguïté, puis éclate de rire la seconde suivante.

— J'ai repéré une thalasso dans les Saintes. Vous pensiez à quoi d'autre ?

— À rien, répond hâtivement Diane.

— Menteuse, nous avons eu la même pensée toutes les deux, se bidonne Laura.

Puis, Fanny continue sur le vieil album rangé bizarrement dans une boîte, à propos duquel sa mère l'a raillée. Puis, elle fait part de sa conviction que son père devait affectionner cet endroit puisqu'il avait conservé ces souvenirs, bien que Béatrice croie le contraire.

— Je ne sais pas pourquoi mais j'ai besoin de voir ce lieu où mon père rayonnait sur les photos.

— Alors ne réfléchis plus et vas-y, dit Diane.

— C'est prévu début août. Croyez-moi ou pas, dès que j'ai eu cet album entre les mains, j'ai eu une brusque envie de la Camargue. Je ne saurais vous expliquer, mais...

Elle bloque, ne trouvant pas les mots exacts pour dire cette soif d'évasion.

— Tout simplement que tu es curieuse de découvrir cet endroit, dit Diane.

— Oui, mais pas que. En fait, c'est comme un appel, admet plutôt Fanny. C'est ça, l'appel de la Camargue.

4

Le soleil se reflète dans les parcelles de rizières inondées, une boule de feu se regardant dans un miroir. À la sortie de la départementale, Fanny emprunte une petite route étroite qui la mène vers le gîte. Plus loin, sur le bas-côté, elle peut lire un panneau indiquant *Clos du Sauvage à 500 mètres*. Bientôt arrivée ! s'égaye-t-elle. En roulant tranquillement, elle aperçoit des chevaux camarguais dans leur terrain : certains broutent, d'autres sont couchés sur le flanc. Elle abaisse sa vitre en stoppant près de la clôture en piquets de bois pour voir ces magnifiques bêtes à la robe blanc cassé. Un des équidés la regarde à travers sa crinière blanche tombant sur ses yeux, il fait un mouvement de tête qui dévoile ses pupilles noires. Il dresse ses oreilles et fixe quelques secondes cette conductrice, puis se remet à arracher l'herbe.

Elle atteint sa destination bordée de pins maritimes, où s'étend un terrain sur plusieurs hectares. En roulant au pas, elle sursaute à la sortie d'un héron cendré de la roubine, qui s'envole à son passage. Plus loin, une caravane rouge et verte trône dans un espace engazonné.

— Que c'est beau, ici. Il y a même une roulotte ! s'émerveille-t-elle.

Fanny ne regrette pas d'avoir avalé cent cinquante kilomètres pour être devant ce tableau naturel où elle éprouve déjà une sensation de bien-être. La propriété s'étale sur plusieurs hectares, l'énorme bâtisse surmontée d'un étage se dresse avec ses façades blanches, où sur l'une d'elles une immense croix de Camargue en fer forgé est fixée. Un emblème typiquement régional signifiant la foi pour la croix, l'espérance pour l'ancre et la charité pour le cœur. Une indication signale les locations à l'arrière du bâtiment, celui-ci étant l'habitation principale des propriétaires. Les gîtes sont situés dans une extension de plain-pied non attenante au mas.

Accueillie par une charmante dame d'une soixantaine d'années, Fanny est accompagnée jusqu'à son appartement. Les pensions sont séparées par des lauriers roses et rouges, donnant plus d'intimité au carré de verdure devant chaque entrée. À l'intérieur, tout est exactement comme sur le site, une décoration sobre mais suffisante. Deux côtés des murs sont ornés du magnifique portrait d'un taureau noir sur fond rouge, et d'une belle cabane de gardian plantée au milieu des roseaux. Une table ronde au pied joliment forgé et ses chaises s'accordent au buffet ; un bouquet sec de lavande de mer, communément appelée saladelle, a été mis dans un vase au centre de la table. Avant de partir, la gérante indique que des flyers touristiques sont à sa disposition à l'accueil.

Fanny est ravie de son pied-à-terre : « Les vacances peuvent commencer ! » dit-elle en se laissant tomber sur le fauteuil. Au même moment, son téléphone portable sonne. En lisant « maman », elle est très étonnée de cet appel et espère une conversation plus agréable que la dernière fois où Béatrice n'a guère été diplomate sur cette escapade.

À peine décroche-t-elle que la voix de sa mère résonne dans l'écouteur.

— Tu es arrivée sans problème ?

— Oui.

— Tu as trouvé un hôtel correct ?

— Le gîte est très bien.

— Un gîte ? répète-t-elle, déçue. Est-ce si reculé que ça pour ne pas avoir trouvé d'hôtel ?

— J'ai préféré un gîte. C'est très charmant ici quoique tu puisses en penser. L'hôtesse qui m'a accueillie a pris le temps de tout m'expliquer sur la propriété et les loisirs dans les environs.

— Elle n'a pas fait d'exploit, c'est son boulot.

— Apparemment, je ne suis pas loin des cabanons, j'irai probablement marcher jusque là-bas.

— Je ne comprends toujours pas cette envie d'aller errer dans ces marécages infestés de moustiques.

— Sais-tu que la Camargue a aussi des taureaux, des chevaux ? s'amuse-t-elle.

— Tu peux garder ton humour. Le but était de savoir si tu étais bien arrivée. De toute manière, je ne peux continuer plus longuement, j'ai de multiples choses à faire.

À peine le temps de dire au revoir que Fanny entend le « bip » dans l'écouteur.

*

Allongée sur un transat de toile, Fanny est incitée à lever les yeux par un bruit provenant du ciel. Deux bimoteurs survolent les terres salines, ils doivent certainement voler jusqu'à Beauduc. La température avoisine les trente-cinq degrés dans l'après-midi. Pour se protéger du soleil, la vacancière s'est munie d'une casquette et d'une paire de chaussures confortables pour marcher jusqu'aux cabanons. Une vingtaine de minutes ont suffi pour apercevoir un quai où sont amarrés des bateaux de plaisance. Elle discerne un homme arrimant un bateau à son appontement à l'aide d'un cordage. Elle suit discrètement la manœuvre sans vouloir paraître trop indiscrète. Quand elle prend conscience que sa présence est remarquée, elle tente de dissimuler son attention en détournant son regard.

— Bonjour, la salue-t-il.

La voix grave et caressante qu'elle entend l'envahit soudainement.

— Oh, bonjour, répond-elle en se voulant étonnée.

— Je peux vous aider ?

— Je visite le coin. Je loge au gîte un peu plus haut.

Il approuve avec un signe de tête en devinant le Clos du Sauvage puisque c'est le seul du secteur. Le pêcheur d'une soixantaine d'années au regard agréable et aux cheveux grisonnants débarque avec une canne à pêche et une boîte isotherme en polystyrène dont la blancheur a terni.

— Vous revenez de la pêche ? demande-t-elle.

— Oui.

— Elle a été bonne ?

— Il y a des jours meilleurs.

— Je peux longer cette rive par là ? demande-t-elle en désignant sa gauche.

— Vous pouvez mais l'accès est difficile au bout, vous n'irez pas loin. Surtout, ne vous amusez pas à monter sur le dernier ponton, il peut s'écrouler à tout moment, prévient-il.

— Je veux seulement marcher au bord. Je n'avais pas l'intention de monter sur les pontons, ce sont des propriétés privées, assure-t-elle, presque gênée.

— Eh bien, bonne journée, madame.

— Pareillement.

Elle remonte la berge dont le bord est occupé de bateaux allant d'une simple petite barque jusqu'à ceux de huit mètres. Les pontons construits en planches sont fermés par un portillon ou par un simple cordage en interdisant l'accès. Il y a ceux qui sont bien entretenus jusqu'au tapis de bienvenue, ceux avec des pots de fleurs vivaces ; puis d'autres qui le sont moins, ils disparaissent un peu sous l'accumulation de brindilles et de bois. Le pêcheur ne lui a pas menti, la possibilité d'aller au-delà est impossible. L'accès s'arrête pile à une construction flottante totalement déstructurée ; sa plate-forme faite de bois s'est partiellement effondrée dans le fleuve. La structure a dû endurer les vents froids et le feu du soleil voire des montées d'eau ; les crues et le courant sont puissants lorsque le Petit-Rhône afflue en abondance, ce qui engendre des inondations. Si la région est favorable aux températures estivales avec plus de trois cents jours d'ensoleillement, elle peut aussi atteindre des niveaux négatifs, l'hiver peut être rude même près de la mer.

Fanny balaie des yeux l'endroit. Devant elle, le fleuve qui descend activement vers la mer à plusieurs kilomètres en aval. Derrière elle, un monticule de roncier de près de deux mètres de haut s'entremêlant aux arbustes et aux cannes. Au-delà de cette barrière naturelle, il semble y avoir un mouvement de vie. Naturellement, Fanny monte sur un gros rondin de bois, posé ici comme un profit inattendu. Au vu de sa circonférence, c'est un vieux billot que les hautes herbes ont oublié d'envahir, comme elles ont pu le faire un mètre à côté. En gagnant quelques centimètres de hauteur, Fanny distingue un tracteur labourant un immense terrain, le terrassement provoque un nuage de poussière derrière l'engin telle une fumée d'incendie.

En se recentrant en direction du fleuve, elle contemple un instant les abords avec toutes les plates-formes. Elle sort de sa poche arrière une photo de son père retirée de l'album qu'elle a emporté dans ses bagages. Sur l'image, Michel est assis sur une plate-forme, est-ce celle toute cassée, ou bien l'autre juste à côté ? Toutes ces terrasses en bois se ressemblent à peu près, pour certaines avec un arbre à proximité. Comment savoir où se trouve exactement cette prise de vue après plus de quarante ans ? Tout a changé, le paysage, les pontons, possiblement la largeur du fleuve. Pourtant, sans se douter qu'elle est précisément à l'endroit espéré, elle remet le cliché dans sa poche arrière et rebrousse chemin avec un léger regret.

Près de l'embarcation où elle a aperçu le pêcheur un peu plus tôt, Fanny imagine très bien son père détachant le cordage et descendant le Petit-Rhône. Elle comprend qu'il ait aimé cet endroit, comment ne pas être sous le charme d'une telle sérénité ? Pourquoi ne voulait-il plus revenir, comme l'a si bien exprimé Béatrice ? Distraite, elle ne remarque pas le retour du marin derrière son dos.

— La marche est finie ?

Elle pousse un petit cri en sursautant. Elle reconnaît l'homme de tout à l'heure en se retournant vers lui.

— Je ne voulais pas vous faire peur, s'excuse-t-il aussitôt en passant devant elle pour rejoindre son bateau. J'ai oublié de fermer mon caisson.

— Y a pas de mal, j'avais l'esprit ailleurs. Pourriez-vous me dire s'il y a d'autres pontons ailleurs comme ceux-là ?

— Il y en a quelques-uns, oui.

— Et des cabanons aussi ?

— C'est plutôt des habitations différentes. Vous cherchez quoi, exactement ?

— Rien de particulier, c'était juste une question. Vous pêchez seul ?

— Oui, répond-il tout en verrouillant le cadenas du caisson. Et vous ? Vous marchez souvent seule ? sourit-il.

Ils échangent un regard chaleureux.

— Je m'appelle Marc, se présente-t-il.

— Et moi Fanny, dit-elle à son tour.

— Vous n'êtes pas du coin.

— Ça se voit tant que ça ? rit-elle. J'habite près du mont Ventoux.

— Et vous êtes venue vous perdre en Camargue, sourit-il.

— On peut dire ça. Fut un temps, mon père fréquentait l'endroit.

— Il n'y vient plus ?

— Il est décédé il y a trois mois.

— Pardon, c'est maladroit.

— Ce n'est rien, vous ne pouviez pas savoir.

Embarrassé, le pêcheur lui adresse ses condoléances tardives. Elle approuve en hochant la tête et laisse flâner son regard brouillé par l'émotion vers le fleuve. Puis, elle poursuit tout naturellement :

— J'aurais aimé être ici avec lui, peut-être même sur un bateau.

Touché par cette phrase nostalgique, Marc soumet spontanément une proposition comme pour se faire pardonner.

— Je peux vous proposer une sortie demain avec le mien, si vous voulez.

— Je ne sais pas, hésite-t-elle regardant l'embarcation.

— Je peux comprendre votre méfiance, nous ne nous connaissons pas.

— Non. Eh ben... N'avez-vous pas d'obligation professionnelle ou familiale?

— À vrai dire, non.

— Eh ben, répète-t-elle.

Il l'observe dubitativement en quittant son bateau.

— Vous êtes sûr de ne pas avoir d'impératif? réitère-t-elle.

— Certain.

— Alors, pourquoi pas? accepte-t-elle enfin. Vous habitez les cabanons?

— Celui qui a un portillon au marron défraîchi, indique-t-il avec son index.

Il désigne l'un d'eux se trouvant tout juste à quelques mètres, dont la couleur s'écaille largement.

— Je vous attends vers dix heures demain matin sur le quai, ça vous va?

— J'y serai.

Ce lieu est constitué de plusieurs cabanons aux portes de jardin beiges, chocolat, ou marron défraîchi. À quelques mètres, le Petit-Rhône va se mêler aux eaux salées des kilomètres plus bas. Autour de ces habitations, il y a des kilomètres de marais foulés parfois par des promenades à cheval.

C'est dans ce cadre naturel et atypique que Marc a débarqué cinq ans plus tôt. Il avait décidé de changer d'horizon à cinquante-cinq ans. Avant cela, il menait une vie bien réglée avec sa femme et sa fille près de Nîmes; le couple gérait un garage de réparation de véhicules : lui, les mains dans les moteurs, elle, les doigts sur le clavier informatique. Les affaires étaient florissantes et pendant de longues années, la petite famille s'octroyait presque un mois de congé en louant un mobile home de luxe dans un camping trois étoiles. Ils étaient adeptes du vivre en plein air et ils projetaient une éventuelle retraite dans la zone, mais il restait encore quelques années de labeur. Quelquefois, il n'est pas évident de mêler vie professionnelle et vie privée lorsque l'on est vingt-quatre heures sur vingt-quatre ensemble. Le couple ne pouvait échapper aux altercations et l'atmosphère devenait étouffante. Plus tard, le départ de leur fille unique au Canada n'a fait qu'empirer le ras-le-bol chez eux.

Finalement, un divorce s'est ensuivi et une vente pour le garage. Après cela, Marc n'a pas hésité à s'éloigner de Nîmes pour déposer ses valises sur les Terres du Sauvage. Il fallait absolument qu'il continue à travailler, alors tout en restant indépendant, il a proposé ses services de mécanicien dans les alentours. Aujourd'hui, il est la référence dans tout le quartier.

5

Le marchand de sable a laissé juste le temps à Fanny de se glisser sous les draps, hier soir. Elle s'est endormie en revivant cette rencontre avec Marc. Un accueil chaleureux qui l'a mise immédiatement à l'aise. Devant son petit déjeuner, elle examine la photographie de son père sur le quai, heureux d'être assis à cet endroit. Elle doit reconnaître que le lieu a dû lui manquer puisque tous ces souvenirs ont été précieusement gardés. Elle s'interroge sur ce qui a pu se produire pour qu'il veuille s'en détacher complètement.

Fanny se prépare rapidement pour être prête à son rendez-vous de dix heures sur le ponton. Une tenue simple et confortable fera l'affaire pour cette balade en bateau. Elle attrape un pantacourt noir en viscose avec une blouse imprimée manches courtes. Elle enfile des sandales argentées à entre-doigts. Puis, elle attache ses cheveux bruns avec un élastique soyeux, et brosse ses cils d'un peu de mascara. Soudain, elle se demande si cette sortie n'est pas une folie. Partir avec quelqu'un vu vingt-quatre heures plus tôt, est-ce vraiment raisonnable ? « Et si c'était un pervers ? » s'effraye-t-elle. Que ferait-elle s'il tentait une approche plus familière ? Se jetterait-elle dans le fleuve pour s'échapper ? « N'importe quoi ! Arrête de dramatiser, ma pauvre fille », se ressaisit-elle. Avant de quitter la maison, elle emporte ses lunettes de soleil et sa casquette et file s'essayer à la navigation.

*

Acheté d'occasion par le propriétaire, le bateau de cinq mètres est une coque open, équipé d'un hors-bord. Au volant de son embarcation, Marc observe Fanny placée à l'avant. Il apprécie la simplicité qu'elle dégage tout comme son odeur parfumée, une senteur florale très agréable qui lui arrive dans ses narines. Quant à la jeune femme, qui se laisse emmener sans hésitation, elle se sent en confiance auprès de ce capitaine dont l'allure n'a rien à voir avec celle d'un débauché, comme elle a pu se le représenter juste avant de venir. Cet homme courtois aux cheveux poivre et sel, à la voix rauque, l'attendrit. Une aisance naît entre eux, comme deux collègues de longue date qui savourent ensemble cette navigation comme une forme de liberté.

— Ça va, vous n'êtes pas barbouillée ? demande-t-il, bienveillant.

— Absolument pas.

Après avoir remonté le fleuve en vitesse de croisière durant vingt minutes, Marc décide de couper le moteur.

— On est en panne ? s'alarme Fanny en pivotant vers lui.

— Tout va bien. J'ai stoppé volontairement. C'est agréable sans le moteur, vous verrez.

Doit-elle s'inquiéter de cet arrêt ? Doit-elle sauter dans l'eau s'il vient à s'approcher d'un peu trop près ?

— N'ayez crainte, ce n'est pas le coup de la panne d'essence, plaisante-t-il.

— Je n'ai pas peur, ment-elle. J'ai été surprise, c'est tout.

— On va se laisser dériver. Cela ne vous dérange pas si je cale une canne à pêche ? demande-t-il en préparant son matériel.

— Pas le moins du monde.

La canne à deux brins est prête à l'utilisation, Marc n'a plus qu'à accrocher un appât sur l'hameçon. À la vue du ver vivant, Fanny porte sa vision aux alentours, elle adhère plus facilement aux amorces artificielles. Tandis que le pêcheur lance sa ligne qui va plonger à quelques mètres, le téléphone de Fanny sonne dans la poche de son pantalon court. Un deuxième appel de maman en moins de quarante-huit heures, elle remarque que cela relève de l'exception.

— Bonjour, mère ! dit-elle en laissant échapper un soupir.

— Je profite de cette minute de liberté avant de rejoindre ma collaboratrice.

— Un dimanche ? Ils pourraient te ménager à la mairie.

— Ce n'est pas du travail. Toutefois, à soixante-douze ans, je me sens tout à fait capable de bosser sept jours sur sept s'il le faut, bien que tu puisses penser le contraire ! se vexe-t-elle.

Fanny soupire, se désolant que celle-ci prenne tout au premier degré. Au même moment, un bateau motorisé passe devant eux ; malgré un fort ralentissement de ce dernier, les passagers se mettent légèrement à se balancer. Le bruit qui s'est invité dans l'écouteur interpelle Béatrice.

— C'est quoi, ça ?

— Un bateau.

— Tu es au port ?

— Non. Un pêcheur m'a gentiment proposé une balade sur l'eau.

Il lui adresse un sourire charmeur qui la déstabilise un peu.

— Mais que fais-tu avec lui ? s'inquiète Béatrice.

— Eh ben, du bateau.

— Qu'est-ce qui t'a pris ? Ces gens sont rustres et je doute que leur hygiène soit impeccable ! critique Béatrice. Quelle idée d'avoir été dans ce coin perdu, je te jure !

« Tu changerais d'avis si tu voyais Marc », pense silencieusement la jeune femme.

— J'ai quarante-six ans, je te rappelle. Et puis, si cela peut te rassurer, l'électricité et l'eau potable existent ici. Je ne suis pas non plus au fin fond de l'Amazonie.

Soudain, la vacancière ne perçoit plus rien. Le smartphone n'affiche plus de connexion.

— Mince, y a plus de réseau, constate-t-elle. Elle va croire que je lui ai raccroché au nez. Et puis, zut !

— Il suffit de faire quelques mètres et vous allez pouvoir la rappeler.

— Il n'y a pas d'urgence, je vous assure. J'aurais même une faveur à vous demander.

— Dites toujours.

— Jetez l'ancre ici même, je n'ai pas envie que la liaison se rétablisse.

L'homme rit.

— Ah, les parents toujours inquiets pour leur progéniture malgré leur âge, dit-il.

La vacancière pense que s'il connaissait Béatrice, il la qualifierait plutôt de femme possessive et irritante.

— Vous avez des enfants, Marc ?

— Une fille de trente ans que je ne vois plus. Elle a choisi de faire sa vie au Canada. On s'appelle de temps en temps.

— Il y a aussi les réseaux sociaux.

— J'ai dû m'y mettre malheureusement, mais c'est pas mon dada, se désespère-t-il. Et vous, des enfants ?

— Non, dit-elle sans développer davantage.

Fanny lève les yeux au ciel, regrettant d'avoir abandonné la maternité pour les beaux yeux d'un sportif. Pendant ce temps, Marc relève sa canne et aperçoit l'appât entier gesticulant.

— Les poissons n'ont pas très faim, on dirait ! remarque-t-elle.

— Moi, je mordrais à cette chose appétissante, pas vous ?

— Je suis végétarienne.

Il relance la ligne et l'appât replonge sous l'eau quelques mètres plus bas. La grimace de Fanny ne lui échappe pas.

— Je ne voudrais pas vous donner la nausée avec mon asticot, si vous êtes végétarienne.

Fanny éclate de rire.

— Je mange de tout, sauf les vers.

Marc est conquis par l'humour de cette demoiselle.

Le bateau dérive très lentement au gré du courant, cette allure permet de mieux contempler les variétés d'oiseaux qui cohabitent le long des rives, avec des piaillements pour les moineaux blottis dans les feuillus bordant le fleuve, des gazouillis pour les hirondelles virevoltant tout en frôlant la surface de l'eau.

— Vous devez connaître le coin sur le bout des doigts, lance-t-elle.

— Je le redécouvre sans cesse. Les couleurs et les bruits ne sont jamais les mêmes, je ne m'en lasse jamais.

— Vous avez toujours habité ici ?

— Cela ne fait que cinq ans. Avant j'étais à Nîmes. Nous venions au camping tout confort les vacances d'été. Puis, j'ai découvert ce petit coin éloigné de la ville, j'y ai posé mes valises après mon divorce. Je peux dire que je revis à soixante-deux ans. Et vous ? Vauclusienne dans l'âme ?

— On peut dire ça. J'ai grandi à une vingtaine de kilomètres du mont Ventoux. Je m'y suis mariée et j'ai divorcé, rajoute-t-elle.

— Pas déçue de la Camargue ?

— Oh, non ! Je ne regrette absolument rien, sans quoi je n'aurais pas eu droit à cette navigation, d'ailleurs, c'est gentil.

— Avec plaisir.

Elle se sent bien, parfaitement bien. Elle a une pensée pour son père qui devait éprouver la même chose, c'est pour cela qu'il rêvait d'acquérir un cabanon. Malheureusement, un désir qui n'a pu être réalisé à cause du snobisme de son épouse.

Marc décide de remonter une nouvelle fois sa ligne toujours sans poisson, il se débarrasse de l'appât en le jetant par-dessus bord.

— Il est plus de onze heures, je suggère de reprendre la direction du quai.

— C'est vous le capitaine.

Il actionne le 100 CV et l'embarcation glisse jusqu'à l'appontement. En s'approchant de la rive, une personne semble attendre leur retour.

— Salut ! crie celle-ci à leur arrivée.

— Hey ! répond Marc en lui lançant un cordage.

En accostant, l'homme présente les deux femmes.

— Fanny, je vous présente Rosie, ma voisine et mon amie.

— Enchantée, la salue-t-elle.

— Pareillement. Je vous aide ?

Fanny lui tend sa main pour s'extraire du bateau.

— Et voilà, sur le plancher des vaches, l'accueille Rosie sans cesser de la fixer.

— Merci.

— Elle est au gîte du Clos, informe Marc.

— Bonne adresse, demoiselle.

Pendant que Marc et Rosie entament la discussion, Fanny détaille subtilement cette femme qui semble être de la même génération que lui. Avec ses cheveux courts grisonnants, elle a un joli teint coloré par le soleil laissant ressortir le bleu de ses yeux. Elle est vêtue d'un bermuda en jean et d'une tunique imprimée, d'une paire de mocassins bicolores. Au vu de l'aspect naturel de son visage, Rosie est en paix avec ses pattes-d'oie au coin des yeux. Tout le contraire de Béatrice qui ne possède pas de jean et qui lutte en permanence contre le vieillissement physique.

Après avoir témoigné sa reconnaissance au capitaine, Fanny décide de s'échapper afin de laisser plus d'intimité à ces deux alliés. Tout en suivant des yeux le départ de la jeune femme, Rosie a le sentiment d'un déjà-vu.

— Tu comptes la regarder jusqu'à ce qu'elle arrive au bout du chemin ? lui demande Marc.

— C'est qui ?

— Une touriste qui vient du mont Ventoux.

— Charmante. En tout cas, tu ne perds pas de temps, mon vieux !

— Qu'est-ce que tu racontes ? Je lui ai simplement proposé une petite virée en guise de bienvenue.

— À mon avis, tu te serais abstenu si elle n'avait pas eu ce visage angélique et si elle avait pesé le double, ironise-t-elle.

6

La vacancière commence à remuer les paupières vers huit heures trente. Elle constate une belle lumière à travers ses volets entrebâillés. Elle n'en revient pas d'être encore au lit à cette heure-ci, généralement, elle est levée plus tôt. Il semblerait que la virée sur le fleuve de la veille ait eu un effet bénéfique sur son sommeil.

Par la fenêtre de la cuisine, elle voit deux couples de quinquagénaires en train d'enfourcher leurs vélos tout-terrain. Des voisins avec qui elle a eu un brin de conversation en début de soirée, c'est ainsi qu'elle a appris qu'ils étaient arrivés plus tôt dans la semaine. Elle se dit qu'une balade à deux-roues serait sympa à faire dans les prochains jours, justement, elle croit avoir vu certaines informations là-dessus à l'accueil. Mais ce dont elle est certaine à cet instant précis, c'est qu'un café va se verser dans une tasse.

Comme chaque matin après le petit déjeuner, elle pratique son jogging quotidien d'une heure. Par petites foulées, elle remonte la départementale qu'elle a empruntée pour venir aux gîtes longeant le Petit-Rhône. Tout en effectuant son parcours, elle prête attention aux bêtes si paisibles parquées dans leur terrain. Aux abords de cette route étroite, il y a un autre hameau avec une poignée d'habitants, celui-ci appartient à une commune du Gard, contrairement aux Terres du Sauvage qui est un lieu-dit des Bouches-du-Rhône.

Avant de revenir vers son appartement, elle rallonge sa distance en faisant un détour par les cabanons. Elle surprend Rosie dans son jardin, peignant un mobilier en fer. La joggeuse s'approche de la clôture pour saluer la voisine de Marc. Assise à même le sol, la sexagénaire s'applique aux passages de pinceau sur les pieds d'une chaise.

— Bonjour ! Nous nous sommes aperçues, hier, sur le ponton de votre ami.

— Bonjour, je m'en souviens, lui répond aimablement la propriétaire. Vous avez des vacances sportives, je vois.

— Il ne faut pas perdre les bonnes habitudes, réplique Fanny en respirant fort.

Après quelques secondes de silence, Fanny félicite le choix de couleur.

— C'est un joli violet.

— Lavande est une couleur très régionale, vante-t-elle. Voilà, ce sera la dernière touche pour aujourd'hui, dit-elle en se redressant. Marc m'a dit que vous venez du mont Ventoux ?

— À une vingtaine de kilomètres de ce sommet.

Tout en essuyant le pinceau avec un chiffon, Rosie la regarde avec plus d'insistance que la veille. Il y a quelque chose de déjà-vu chez elle. Se rendant compte que son regard appuyé met mal à l'aise la joggeuse, elle se justifie aussitôt.

— Veuillez m'excuser de vous fixer ainsi, mais vous me rappelez quelqu'un.

— Il n'y a pas de mal.

— Fanny, c'est ça ?

— Oui.

— Vous devriez vous mettre un peu à l'ombre, vous allez attraper un coup de chaud, conseille-t-elle en la voyant rougeâtre sous sa casquette. Venez, que je vous offre un rafraîchissement.

Rosie l'invite à rentrer dans la maison où l'air frais de la climatisation contraste avec la température extérieure. Un refroidissement qui fait un bien fou à la jeune femme. Pendant que la propriétaire se nettoie les mains dans la cuisine, Fanny patiente dans la pièce à vivre du salon et fait un tour d'horizon : mobilier en chêne massif, canapé d'angle rouge en cuir souple ; cloisons revêtues de pierres claires apparentes. Sur un mur se trouve un grand sous-verre avec une photographie de flamants aux ailes à la tonalité corail dans un marais. Ces belles couleurs encadrées ressortent joliment sur la cloison.

— J'ai du jus de fruits ou de l'eau gazeuse, crie Rosie dans la pièce à côté.

— Volontiers un jus de fruits, s'il vous plaît.

En la rejoignant avec deux canettes identiques, Rosie lui ordonne gentiment de s'asseoir.

— Cette photo est magnifique, s'exalte Fanny en montrant les échassiers.

— Elle a été prise par un professionnel. J'ai d'autres modèles dans les deux chambres.

Après avoir bu une première gorgée, Rosie poursuit :

— Ce n'est pas mon genre de dévisager les gens comme ça, je suis encore désolée.

— Y a pas de soucis. Vous avez une jolie maison.

— C'était le cabanon de mes parents. Je l'ai un peu, même beaucoup, amélioré, c'était un peu vieillot, sourit-elle. Vous êtes bien installée au Clos du Sauvage ?

— Impeccablement. Leur site internet m'a donné envie de visiter la Camargue et de me reposer quelques jours.

— Vous avez fait un bon choix, le gîte est de bonne réputation. Il faut reconnaître qu'ici le calme est le point fort, loin des lieux touristiques surpeuplés comme certaines villes. Toutes ces communes, comme les Saintes-Maries ou la Grande-Motte pour ne nommer que celles-là, sont abrutissantes en haute saison.

— C'est vrai.

— Sinon, vous avez apprécié le bateau ?

— Beaucoup. J'étais d'abord embarrassée par cette invitation, puis je me suis laissé tenter. Et la gentillesse de votre ami m'a donné confiance.

— Marc est quelqu'un de généreux et de sensible.

Fanny ne peut qu'attester ces qualités, cet homme est d'une grande prévenance et sa voix cabossée l'a rapidement envoûtée. Elle a eu un réel plaisir à naviguer avec lui, hier. À bord de son embarcation, grâce à lui, elle a écouté le bruit de la nature au plus près, elle a aimé être au milieu de nulle part sur ce fleuve. Soudain, en repensant à cette matinée, elle se souvient de ne pas avoir rappelé sa mère après la brusque coupure du réseau. Elle est certaine que Béatrice aura une raison supplémentaire d'émettre un jugement négatif sur ce lieu de vacances. Après tout, la critique n'est-elle pas de nature chez cette mère ?

— Je vais peut-être vous surprendre en disant cela, mais généralement ce sont des groupes ou des couples qui louent au Clos, il est rare de voir une personne toute seule.

Tout en souriant, Fanny lui souligne qu'elle est la seconde personne après Marc à relever ce détail qui semble être une petite anomalie. Elle renforce cette particularité en indiquant qu'elle-même a constaté être la seule célibataire sur toutes les locations. La vacancière flaire une sincère sympathie en Rosie, elle se sent bien en sa compagnie, pensant abominablement être plus à l'aise avec cette femme qu'avec sa propre mère. Puis, tout naturellement, Fanny expose la particularité de ces congés.

— Je suis venue dans ce coin grâce aux photos que possédait mon père. Je pense qu'il a beaucoup aimé cet endroit.

— Ici même ?

— Oui, je crois bien.

— Peut-être l'ai-je croisé. Il a un bateau par ici ?

— Non, mais la pêche ne lui déplaisait pas, il avait une canne pour cette activité et puis, il s'en est séparé pour l'offrir à un collègue. Un loisir qu'il a poursuivi à travers divers magazines consacrés à cela, je crois même qu'il était abonné. Je suppose qu'il ne trouvait plus le temps pour ce loisir car il s'était mis à la photographie. Il s'était offert tout récemment un appareil numérique pour remplacer l'argentique qui ne fonctionnait plus. Il me semble qu'il l'avait conservé quand même. Pourquoi je vous raconte tout ça ? N'y a-t-il vraiment que du fruit là-dedans ? plaisante-t-elle en examinant la canette.

La propriétaire lève la main droite et le jure, ce qui ne manque pas de faire rire son invitée.

— Vous en parlez au passé, il est décédé ?

— Oui, d'une crise cardiaque, il y a quelques mois.

— Quel âge avait-il ?

— Il avait soixante-douze ans.

— Trop jeune pour tirer sa révérence, mais c'est toujours trop tôt quand un parent s'en va. J'ai perdu les miens il y a quelques années.

— Ma mère était incapable d'enlever ses affaires, tellement elle était bouleversée.

— La pauvre femme. Effectivement, je pense que cela a dû être difficile.

— Vous êtes mariée, Rosie ?

— Plus depuis mon divorce et je suis très bien ainsi.

— Comme je vous comprends, je suis divorcée aussi depuis deux ans. Et pour le moment, j'apprécie le célibat.

Puis, les deux femmes se taisent pour finir leur verre de jus d'orange. Elles terminent ensemble le contenu, et Rosie s'intéresse à cet homme récemment disparu car plusieurs indications lui font remonter de vieilles histoires.

— Si votre père est venu par ici, j'ai dû le croiser.

— J'en doute, c'était il y a une quarantaine d'années au moins. Son prénom ne vous évoquera certainement rien.

Bien au contraire, une information de plus qui fait craindre à Rosie de connaître son identité. S'il s'avère que c'est bien celui auquel elle pense, cela voudra dire qu'elle ne le reverra plus jamais.

— Dites toujours, redoute-t-elle.

— Michel Aubert.

— Vous êtes la fille de Michel ?

— Tout à fait ! Vous le connaissiez ? s'étonne-t-elle.

Un boomerang lancé à toute vitesse revient en plein visage de la sexagénaire.

— C'est pas vrai, Michel est mort ? Mais quand ? demande Rosie.

— En mai dernier.

Soudain, Rosie éprouve un tournis. Elle devient blême et ses jambes se ramollissent, bien qu'elle soit sur une chaise.

— Rosie, vous ne vous sentez pas bien ? panique aussitôt Fanny.

— J'ai besoin de m'asseoir plus confortablement.

Elle cherche des yeux son canapé en se levant. La vacancière lui apporte son aide pour s'y allonger.

Après quelques secondes de stress, Fanny se penche sur la malade en lui mettant un torchon humide sur le front.

— Vous avez repris des couleurs, c'est rassurant. Je me suis permis d'humecter un chiffon de la cuisine.

— Merci. Désolée de vous avoir effrayée.

— Ce n'est rien.

Fanny comprend subitement que ce vertige est en rapport avec l'évocation de son père.

— Ne vous inquiétez pas, ça va aller, la rassure-t-elle en se redressant un peu. En fait, Michel était un ami, un véritable ami avant qu'il ne quitte la région pour toujours.

Bingo ! La jeune femme a vu juste.

— Je suis navrée que vous ayez appris sa disparition aussi brusquement.

— Ce n'est pas grave. En revanche, si cela ne vous dérange pas, j'aimerais rester un peu seule.

— Bien sûr. Est-ce que je peux revenir vous rendre visite, demain, ne serait-ce que pour voir si vous allez mieux ?

— Si vous voulez.

Fanny ne s'attarde pas plus longtemps afin de respecter le repos de Rosie. Dès que la porte se referme, la propriétaire libère des larmes retenues jusqu'à présent pour celui qui s'était présenté devant elle justement ce fameux mois de mai.

*

En arrivant au gîte, Fanny se hâte de téléphoner à l'une de ses amies tout en se versant une citronnade. Dès que son interlocutrice décroche, elle ne lui laisse pas le temps de placer un mot.

— Fanny, respire et recommence plus lentement, s'il te plaît ! lui recommande Diane qui n'a rien capté de la succession des phrases.

— Elle a connu mon père !

— Elle ? OK… Mais de qui parle-t-on ?

— Rosie. La voisine de Marc.

— Marc ? Tu as déjà rencontré quelqu'un ? s'intéresse-t-elle. Tu m'impressionnes !

— Sois sérieuse, Diane.

— Excuse-moi, mais j'avoue qu'en quarante-huit heures, tu ne t'es pas ennuyée.

— Est-ce que tu as compris ce que j'ai dit ?

— Tu as tellement balancé de mots en même temps que c'était brouillon.

— Cette Rosie était l'amie de mon père. Quand j'ai prononcé « Michel Aubert », elle s'est littéralement évanouie. Je la revois demain, je parie qu'elle apparaît dans l'album, peut-être même qu'elle figure dans le groupe de gens qui sont sur les photos.

— Parfait. Tu vas mettre un nom sur un visage. Maintenant, dis-moi qui est ce Marc ?

— Je te l'ai dit : le voisin de Rosie avec qui je me suis baladée sur le fleuve, hier.

— Je veux tout savoir sur cette promenade, s'impatiente Diane.

— D'accord, mais ne commence pas à imaginer n'importe quoi, l'avertit-elle gentiment.

— Mais je ne suppose rien du tout.

— Menteuse.

Fanny prend plaisir à lui relater ce moment sur le bateau où elle a découvert que ce type d'embarcation était plaisant, tout comme elle a apprécié cette légèreté sur l'eau en se laissant porter par le courant.

7

L'environnement naturel et l'amabilité des personnes sont précisément ce qu'attendait la jeune vacancière. Peu importe les critiques de Béatrice sur ce milieu simple et vrai, ces dénigrements ne sont pas prêts à faire fuir sa fille, tombée sous le charme des Terres du Sauvage. Elle est admirative devant la bâtisse surmontée d'un étage du Clos du Sauvage, cette splendide maison est assurément centenaire et très bien entretenue. Quel beau patrimoine avec ses terres qui s'étalent à perte de vue! Fanny décide de faire un tour à pied dans le domaine avant de se rendre chez Rosie, comme convenu. En faisant quelques pas, elle s'interroge sur le sens de la phrase prononcée par celle-ci, hier : «Il était un véritable ami avant qu'il ne quitte la région.» Cela veut-il dire qu'ils ne l'étaient plus quand il a habité Bédoin? L'étaient-ils redevenus avant qu'il ne refasse surface en mai dernier? Et pourquoi cette rupture amicale? Peut-être obtiendra-t-elle la réponse tout à l'heure.

Environ cinq cents mètres derrière la propriété, elle arrive devant un terrain parqué de taureaux et de chevaux. Les vacanciers des gîtes sont autorisés à se promener sur le terrain pour s'approcher des animaux sans pénétrer dans leur enclos et à condition de ne pas les nourrir. Ces bêtes sont sans conteste choyées et en bonne santé, au vu de leur corps plantureux et de leur peau brillante. C'est vers les équidés que Fanny se dirige, préférant regarder de plus loin les imposants bovins noirs. Des cris aigus résonnent au-dessus d'elle, en levant les yeux, elle aperçoit un vol de flamants très haut dans le ciel, formant un V légèrement déformé.

Devant l'enclos des équidés plus au moins regroupés au centre, la jeune femme les appelle en claquant sa langue contre le palais, un son complètement ignoré. Apparemment, sa présence leur est indifférente, toutefois, elle se contente quand même de les observer à une dizaine de mètres. Elle sourit à la vue de deux poulains, ne se détachant pas de leur mère, qui manquent de trébucher ; en raison de leur démarche instable, ces petits ne doivent avoir que quelques mois. Leur robe est différente de celle des adultes, passant du marron à leur naissance au crème en grandissant. Un cheval moins effrayé que ses congénères avance d'un pas tranquille vers cette étrangère. Par précaution, celle-ci s'écarte légèrement de la barrière dès qu'il passe sa tête au-dessus de la palissade.

— Tu es belle, dit-elle après avoir vérifié finement l'anatomie de l'animal.

Elle frotte le front de la jument avec la paume de sa main ; celle-ci se laisse aller à la caresse. Instantanément, elle fait un mouvement détendu en ondulant sa tête de haut en bas.

— Tu as un petit qui t'accompagne dans l'enclos ?

La pouliche secoue fortement la nuque de gauche à droite comme si elle comprenait, néanmoins, cette action est destinée à chasser les mouches posées sur elle.

— Je prends cela pour un non, plaisante Fanny.

Puis cette visiteuse téméraire à quatre pattes quitte nonchalamment la touriste pour rejoindre ses congénères.

— Ravie de t'avoir rencontrée, ma belle.

*

Pendant ce temps, l'air est un peu chargé chez Rosie. Elle ne réalise pas encore ce matin l'annonce du décès de Michel. Sa conversation avec lui quelques mois plus tôt a donc été la première depuis quarante ans et la dernière. Devant son rosier rouge velours, elle reste figée avec un sécateur à la main, hésitant presque à couper une fleur.

— Quelle rose te pose un problème ?

En se retournant, elle voit Marc appuyé sur le portillon.

— Aucune, répond-elle en coupant une fleur. Rentre, je t'en prie, l'invite-t-elle.

Il la rejoint en trois enjambées et s'aperçoit de la mine défaite de son amie.

— Tu n'es pas en forme, toi.

— Une mauvaise nouvelle, hier. Tu veux un café ou quelque chose de frais ?

— Un café.

En posant les deux tasses bien chaudes sur la table, Rosie s'assoit face à son invité.

— Quelque chose de grave ? demande-t-il.

— J'ai appris la disparition de quelqu'un que je connaissais très bien, lance-t-elle.

— Navré pour toi. Il était d'ici ?

— D'Arles, mais les cabanons étaient sa seconde maison. Et devine par qui je l'ai appris ?

— Qui ?

— Par celle que tu as invitée sur ton bateau, dit-elle avant de prendre une gorgée de caféine.

— La Vauclusienne ? s'ébahit-il.

— Oui. Son père s'appelait Michel, c'était quelqu'un de très gentil, d'immensément gentil.

Sa voix se casse. Marc lui saisit les mains pour la réconforter.

— Ça va aller, le rassure-t-elle. Ce qui me console malgré tout, c'est que cette fille est totalement différente de celle qui l'a mise au monde.

— Tu connais aussi sa mère ?

— Ce n'est pas un cadeau, crois-moi. Tu veux que je te dise qui est vraiment Béatrice Aubert ? Cette femme est un poison.

Devant la stupéfaction de son voisin, Rosie lui dévoile la particularité du couple Aubert.

*

La demi-heure suivante, Marc a la mâchoire qui lui en tombe.

— Ferme ta bouche, sinon tu vas gober cette mouche, lui conseille son amie en la lui indiquant au-dessus d'eux.

— C'est ainsi, Marc, les opposés s'attirent.

— Faut croire.

Soudain, la sonnerie au portillon retentit. En écartant le rideau, Rosie aperçoit Fanny. Elle demande à Marc de rester discret sur ce qu'elle vient de lui révéler.

— Ne t'inquiète pas.

— C'est ouvert, entrez ! l'invite-t-elle après avoir ouvert la fenêtre.

En refermant, elle souligne :

— Elle vient prendre de mes nouvelles après mon malaise d'hier.

— Tu as eu un malaise ?

— Ce n'était qu'un léger tournis, trois fois rien, je t'assure.

En entrant, Fanny a un grand sourire.

— Comment allez-vous, Rosie ?

— Mieux. Je vous offre un café ?

— Volontiers.

— Bonjour, Marc, le salue-t-elle, enchantée de sa présence.

— Bonjour, Fanny, dit-il en retour en quittant sa chaise. Bon, à plus tard, Rosie.

Aussitôt, l'arrivante craint de le faire fuir.

— Je ne vous fais pas partir, au moins ?

— Absolument pas, j'étais sur le point de m'en aller de toute façon.

Il quitte l'habitation pendant que l'hôtesse débarrasse les deux tasses pour revenir avec une autre, toute chaude, de la cuisine pour sa visiteuse.

— Asseyez-vous, vous ne paierez pas plus cher, sourit-elle.

— Je suis ravie que vous alliez mieux, répète la jeune femme en tirant une chaise.

— C'était rien du tout.

Le tic-tac de la pendule accompagne les petites gorgées de Fanny. Elle prend le temps de savourer cette boisson avant de reprendre la conversation de la veille stoppée prématurément par l'étourdissement de son hôte.

— Je peux vous montrer quelque chose, Rosie ?

— Bien sûr.

Fanny fouille dans son sac en bandoulière et sort deux photos.

— Vous apparaissez dans ce groupe ? demande-t-elle respectueusement en lui présentant la première.

La sexagénaire se découvre parmi le groupe de garçons et filles où tous sourient largement face à l'objectif. Quand elle saisit l'image, son visage arbore une expression nostalgique et rieuse à la fois.

— Je suis là, se désigne-t-elle. Je devais avoir à peine dix-huit ans, pfff, cela ne me rajeunit pas, aujourd'hui.

— Le photographe était mon père ?

— Oui... Où l'avez-vous trouvée ?

— Dans son album qu'il avait conservé. Pour être honnête, je l'ai découvert récemment au fond d'une boîte dans son armoire. Faut croire que mon père avait quelques petits secrets.

En reposant la photo, Rosie n'est pas surprise qu'il l'ait caché dans un recoin. Il devait redouter que sa femme ait l'infecte idée de le jeter. Puis, Fanny présente le second cliché où Michel est assis sur une plate-forme en planches en train de pêcher.

— C'est moi qui ai pris cette photo, signale Rosie. On a passé des heures sur ce ponton. Quand on ne pêchait pas, on s'allongeait pour regarder le ciel tout en bavardant. C'est celui au bout du quai où le plancher n'existe carrément plus.

— Je l'ai vu en m'y promenant. De quand datait votre amitié ?

— Nous étions adolescents, l'âge critique, sourit-elle. Et puis, nous avons perdu définitivement le contact quand il s'est marié.

— Vous étiez aussi une amie de ma mère ? demande-t-elle instantanément.

Rosie a une boule au ventre rien qu'en pensant à celle-ci, et ce qui la crispe le plus, c'est qu'elle a eu de la pitié pour cette veuve sans savoir qu'il s'agissait de Béatrice.

— Franchement, elle et moi, nous ne nous entendions pas vraiment, pas du tout même.

— Je reconnais qu'elle a un caractère particulier.

Rosie évite de lui répondre qu'elle a la plus détestable des mères.

— Honnêtement, Béatrice n'est pas mon sujet favori,

dit-elle calmement. Alors parlons de Michel, de la pluie ou du beau temps, sauf d'elle.

Fanny saisit aussitôt qu'un différend a dû exister entre les deux femmes. Était-ce en lien avec Michel ? Était-ce autre chose ?

— Très bien, accorde-t-elle.

— Je ne sais pas si vous le saviez, enchaîne Rosie, mais Michel pêchait avec mon père.

— Sur une photo dans l'album, deux pêcheurs posent avec lui. Peut-être que votre père était l'un d'eux.

— Fort possible. Michel aimait passer du temps ici. Il est arrivé qu'il dorme chez nous.

Fanny comprend mieux le désir d'un cabanon qu'a eu son père, c'est parce qu'il adorait cet endroit. Elle regrette qu'il ait dû abandonner ce projet. Elle croit sincèrement qu'il en aurait pleinement profité si Béatrice ne s'y était pas opposée.

— Je dois vous avouer une chose, Fanny. Michel est venu ici y a quelques mois.

— Quoi ?

Fanny est stupéfaite, les bras lui en tombent.

— J'étais aussi effarée que vous quand je l'ai vu, je vous l'assure.

— Quand était-ce ? demande la jeune femme, la mine défaite.

— Justement en mai, lâche Rosie toute gênée. Nous avons passé la journée ensemble.

— Pardon ? s'estomaque-t-elle. Vous étiez ensemble toute la journée ?

Les traits du visage de la vacancière se tendent, comme si un glaçon venait de refroidir sa peau. Pourquoi son père a soudainement voulu revoir cette amie alors que leur contact avait été rompu ?

— Comprenez que j'ai offert l'hospitalité à un ami, il n'y a rien d'autre à imaginer, rajoute Rosie.

— J'en reviens pas qu'il n'ait rien dit sur ce retour. Pourquoi nous a-t-il caché cela ?

Rosie ne rebondit pas sur cette question, elle sait que Béatrice veillait grandement à ce que Michel ne repense plus à la Camargue.

— Je ne sais pas, ment-elle. Vous savez, le mystère aurait été dévoilé tôt ou tard puisqu'il comptait revenir avec ses enfants, dévoile Rosie.

— C'est vrai ? Il vous a parlé de nous ?

Les yeux de la jeune femme s'embuent. Elle regrette fortement que cette escapade ait été injustement balayée d'un coup.

— Pas vraiment. Il m'a seulement dit « ses grands », et je n'ai pas cherché à savoir leurs prénoms. Je vous assure qu'il était heureux d'être là, la Camargue lui a manqué.

— Si la région lui manquait tant, pourquoi a-t-il attendu si longtemps pour revenir ? dit Fanny, déconcertée.

— Aucune idée, ment-elle encore une fois.

— Et puis pourquoi mon père n'a jamais évoqué les Terres du Sauvage, ni ma mère d'ailleurs ? Il a fallu que je découvre ce lieu en tombant sur cet album. Avait-il quelque chose à cacher ?

Rosie ne répond pas. Elle lui apprend seulement qu'il connaissait ce lieu-dit en long, en large et en travers, qu'ensemble ils ont parcouru des kilomètres sur ces hectares de terres qui s'étirent jusqu'à la mer.

— Il a commencé à venir ici à quel moment ?

— Vers seize ans. Il venait en Mobylette avec d'autres jeunes, j'étais avec mon père sur le bateau quand je les ai vus la première fois.

— Il venait d'Arles en Mobylette? s'éberlue la jeune femme.

— Oui, ça fait un peu plus de quarante kilomètres, mais cela n'effrayait pas certains jeunes. Et donc un jour, un seul parmi eux est revenu, c'était Michel.

*

Bien qu'elle n'ait pas apprécié d'apprendre le retour de son père en Camargue par une étrangère, Fanny ne regrette pas sa conversation avec elle. Elle sait à présent que son père était un fervent amateur des soirées festives à la plage; qu'il était aussi à l'aise sur une selle à cheval qu'assis sur un bateau; qu'il ne craignait pas de s'approcher de près des taureaux; qu'il adorait pêcher et naviguer. Une manière de vivre tout à fait différente que celle qu'elle lui connaissait à la maison. À Bédoin, il se perfectionnait dans l'art de la photographie; il prenait plaisir à rouler à vélo, et puis, il était passionné par ses enfants, qu'il reste avec eux une heure ou une journée. Il aimait partager tant de choses avec son frère et elle, c'est certainement pour cela qu'il prévoyait une virée camarguaise avec ses grands.

La dernière fois qu'elle a évoqué ce lieu avec sa mère, Béatrice a assuré qu'il n'était jamais revenu. Était-ce un mensonge? Était-ce une ignorance? Comment réagirait-elle si elle apprenait la sortie de son mari? Fanny se dit alors que c'est éventuellement l'occasion de reprendre contact avec elle, après que leur échange a été coupé brusquement sur le fleuve.

Installée sur un transat dans son jardinet au gîte, Fanny écoute les trois longues sonneries dans l'écouteur quand soudain son interlocutrice décroche.

— Bonjour, ma fille. Je vois que le téléphone fonctionne à nouveau.

— Navrée pour la dernière fois, mais le réseau est un peu capricieux.

— Ne t'avais-je pas prévenue des conditions rustiques ?

— Tu ne vas pas recommencer, maman, prévient-elle poliment.

Puis, la jeune femme aborde directement le sujet.

— Est-ce que papa t'avait confié son envie de revenir en Camargue ?

— Qu'est-ce qui te prend encore ? C'est pour cela que tu me rappelles ?

— Je suis sérieuse, maman. Il te l'avait dit ?

— Il n'a rien pu me dire puisqu'il n'y est pas allé, glousse Béatrice.

Fanny constate que cette évasion avait été gardée secrète.

— Apparemment, il serait revenu au mois de mai.

— C'est insensé, répond-elle âprement. Je ne sais pas où et par qui tu as appris une telle aberration.

— Son amie m'en a fait part.

Béatrice relie la relation en question à l'homme avec qui Fanny a navigué.

— Le pêcheur ? Non seulement il doit avoir une sale odeur de poisson, mais le pauvre vieux n'a plus toute sa tête, ricane-t-elle.

— Tu veux parler de Marc ? Je te garantis qu'il a un déodorant très agréable et qu'il n'est pas aussi vieux que tu crois. L'amie en question s'appelle Rosie.

Soudain, la raillerie de Béatrice s'éteint.

— Cette paysanne ?

— Ce n'est pas une paysanne, corrige sa fille. Et comment peux-tu parler d'elle ainsi alors que tu n'es jamais venue aux cabanons ?

— J'habitais Arles, je te rappelle. Ton père me l'a présentée lors d'une soirée d'anniversaire. Ensuite, je l'ai revue quelquefois lorsque les collègues de Michel organisaient des après-midi à la plage. Ils avaient un âge mental de maternelle, ça ne volait pas très haut. Et puis, on s'est retirés de cette bande de gais lurons dont elle faisait partie. De toute façon, je n'ai jamais eu d'affinités avec cette femme.

— Elle m'a dit la même chose sur votre relation.

— Et tu peux m'expliquer comment vous êtes arrivées à discuter ensemble ?

— Tout à l'heure après mon jogging, elle m'a proposé un rafraîchissement. Tout en conversant, on en est venues à parler de papa. C'est comme ça que j'ai appris qu'ils étaient amis et qu'elle l'avait revu cette année.

— Je n'arrive pas y croire, râle Béatrice. C'est impossible qu'il ait fait une chose pareille.

Elle serre sa mâchoire si fort que ses dents pourraient s'encastrer les unes dans les autres. Sa fille marque un point, de plus, elle apprend de sa bouche que Michel avait repris contact avec cette Camarguaise en toute intimité. Béatrice était persuadée de lui avoir fait oublier cette région et cette amie de pacotille. Elle regrette l'existence de cet album, et elle en veut terriblement à ce mari de ne pas l'avoir jeté comme elle l'avait exigé. Si ces vieilles photos n'étaient pas réapparues, cette conversation avec sa fille n'existerait pas et le prénom de Rosie ne viendrait pas lui gâcher cette journée.

— Je comprends que tu sois choquée, je l'ai été aussi, compatit Fanny.

— Cette femme a menti.

— Pourquoi ferait-elle ça ?

— Parce que c'est dans sa nature.

— Je suis sûre qu'elle est sincère.

— Et moi, je suis certaine que mon mari ne s'est pas déplacé là-bas.

— Tu étais persuadée aussi que l'album était à la déchetterie.

— Je dois raccrocher, j'ai de multiples petites choses à faire.

Fanny est totalement déconcertée par cette manière d'écourter leur discussion. Néanmoins, elle n'a plus de doute sur le fait que cette période passée irrite Béatrice, tout comme sa relation orageuse avec Rosie.

8

Quelques mois plus tôt...

Il est neuf heures ce matin du 4 mai, une belle journée de printemps qui incite à prendre la route pour se balader. C'est l'idée qu'a Michel ce jour-là puisqu'il est complètement seul à la maison ; son épouse est partie chez son amie bretonne, et ses grands adultes d'enfants n'ont pas prévu de lui rendre visite. Une liberté qui le décide à faire une virée près de la Méditerranée, où il a passé ses plus beaux moments. Un trajet de près de deux heures vers la Camargue, une terre qui lui a tant manqué.

Environ deux heures plus tard, l'homme arrive sur les lieux où presque tout est resté comme dans ses pensées ; seuls de tout petits changements créés par la nature lui rappellent son long exil dans le Vaucluse. Michel respire à pleins poumons ces odeurs salines et marines, une senteur qu'il avait presque perdue dans sa mémoire. Il s'avance jusqu'au quai où les pontons ont été améliorés, et les modèles d'embarcations sont de nouvelle génération. Des gabarits avec des cabines plus ou moins habitables sont plus nombreux que les pointus qui se comptent sur les doigts d'une main. Il longe tranquillement la rive jusqu'au bout avec une agréable sensation. Devant la plate-forme cassée, une nostalgie l'envahit. Il repère le rondin de bois et devine aussitôt la personne qui vient s'y asseoir. « Cela faisait bien trop longtemps ! » prononce-t-il à mi-voix.
Soudain, quelqu'un l'interpelle derrière son dos.

— Bonjour, monsieur, je peux vous aider ?

En faisant volte-face, il aperçoit une femme aux cheveux grisonnants qu'il reconnaît immédiatement.

— Je pense que ça ira. Bonjour, Rosie !

De son côté, la femme examine curieusement cet homme qui connaît son prénom, l'espace de quelques secondes. Même si les années ont redessiné ce visage, elle identifie celui qui n'avait plus donné signe de vie ces dernières décennies. Elle ne réussit pas tout de suite à sortir un mot de sa bouche, la vue d'un fantôme n'aurait pas eu autant d'effet.

— Michel ? dit-elle confuse.

— C'est bien moi.

— C'est pas vrai, un revenant ! Qu'est-ce que tu fais là ?

—Une envie soudaine de changer d'air.

— Les femmes enceintes ont des envies soudaines. Je croyais ne jamais te revoir.

— Je le pensais aussi surtout après notre dernière conversation. Tu t'en souviens ?

— Comme si on l'avait eue hier.

Le tête-à-tête en question était le jour où Michel venait annoncer son départ près du Ventoux, une décision qui ne lui avait pas été simple à prendre. Une nouvelle qui avait raidi Rosie. Elle craignait que cet éloignement augmente la mainmise de Béatrice sur lui. Aussi s'était-elle exprimée sans filtre : « Ouvre les yeux, bordel ! Michel, elle t'éloigne de ta famille, de tes amis, de ta région », lui avait-elle dit. Ce n'était pas un premier avertissement qu'elle lui donnait, il y en avait eu d'autres avant. Rosie souhaitait profondément qu'il ôte ses œillères et qu'il s'aperçoive réellement que sa femme n'était qu'une manipulatrice dans l'âme. Elle avait tenté de le mettre en garde, de le sensibiliser. En vain. Alors, elle avait fini par renoncer, laissant un amour toxique dévorer Michel.

— On s'embrasse quand même ? réclame-t-il.

— Naturellement.

Il s'approche d'elle en lui déposant un baiser sur la joue, tandis qu'elle le serre dans ses bras en respirant des notes boisées dans son cou.

— T'as pas changé, la flatte-t-il.

— T'as besoin de corriger ta vue, mon vieux. Quarante années ont passé, les rides et les cheveux blancs se sont largement installés. J'étais dans mon jardin quand j'ai vu quelqu'un sortir d'une voiture, la tienne donc. Alors, ne le voyant plus dans les parages, je me suis dit : en voilà un qui ne sait pas où il va.

— Ça va, je connais le chemin.

Il sourit sans la quitter des yeux.

— Je t'imagine bien assise là-dessus.

Il désigne le morceau de bois.

— En effet, un fauteuil pas très confortable, mais un fauteuil quand même.

— Tu habites le cabanon de tes parents ?

— Depuis mon divorce.

— Tu es divorcée ? Depuis quand ?

— Longtemps. Et toi, toujours marié ?

Il lui montre son annulaire gauche avec le dos de sa main.

— Avec la même ? ironise-t-elle.

— J'aime ton humour.

— Et qu'est-ce qu'elle pense de ton escapade ?

Michel racle sa gorge comme s'il avait une petite gêne œsophagienne.

— Elle n'est pas au courant ?

— De toute façon, elle n'a jamais aimé le lieu.

— Ni les gens qui y vivent, rajoute-t-elle. D'ailleurs, je me demande si elle aime vraiment quelqu'un. Comment tu arrives à vivre avec une femme pareille ?

— S'il te plaît, Rosie, aujourd'hui, je suis devant toi et heureux d'être là. Alors laissons Béatrice de côté, si tu veux bien.

— Oh ! Cela me va parfaitement. Alors, la Camargue t'a manqué ?

— Tout m'a manqué, Rosie, absolument tout.

Tandis qu'il la regarde avec plein d'admiration, elle sent ses joues rougir.

— Tu dois repartir tout de suite ?

— Je n'ai pas d'heure.

— Tu déjeunes où ?

— Nulle part pour le moment, dit-il en prenant un air abattu.

— Alors, tu manges avec moi, ordonne-t-elle. J'ai une gardianne sur le feu.

— Avec joie.

Alors qu'ils avaient cru leur complicité perdue, celle-ci renaissait magistralement. Toute la journée, ces deux vieux amis ont échangé longuement sur ces années passées jusqu'à ce 4 mai. Rosie a fait état de son divorce ; de son choix de revenir au cabanon ; de Marc, son nouvel ami et voisin, en qui elle a confiance. Elle n'a pas nié que la solitude était difficile quelquefois, surtout le soir, toutefois, cela lui convenait tout à fait tout en certifiant ne plus vouloir de compagnon dans son lit.

Ensuite, Michel a dressé un bilan de son mariage et de sa vie professionnelle, une activité terminée depuis huit ans ; son profond attachement à son rôle de père et de grand-père ; son regret d'avoir fait le choix de renoncer à sa région et de tout ce qui a pu en découler. Néanmoins, aujourd'hui est un nouveau jour, et les remords sont balayés pour laisser place à une immense satisfaction d'être devant son amie aux cabanons.

Des heures durant où ils se sont tout dit. Absolument tout.

*

C'est en fin d'après-midi que le SUV de Michel quitte son emplacement. Tout en roulant, le conducteur regarde dans le rétroviseur central et y voit un bras levé et une main en mouvement. Sans cesser son geste, la Camarguaise observe le véhicule s'éloignant sur la route étroite. Son ami a promis de revenir en juin pour réhabiliter le ponton de Fernand. Michel a garanti que ce retour ne serait pas le dernier, qu'il reviendrait dès que possible, encore et encore. Il était enfin revenu chez lui en Camargue.

Rosie a été ravie d'avoir retrouvé le Michel d'antan. Soudain, elle réalise qu'ils ne se sont pas échangé leurs numéros de portables. Dans le feu de l'excitation des retrouvailles, ce détail leur a échappé. Alors, elle a attendu le mois de juin avec impatience. Elle a vu les arbres bourgeonner, les fleurs offrir leurs plus belles couleurs et la faune s'éveiller tendrement. Puis, la saison printanière a cédé sa place à l'été.

Le calendrier s'est effeuillé, juin s'en est allé, juillet a suivi, la laissant persuadée qu'il n'avait pas tenu ses promesses, Rosie était une nouvelle fois déçue : en fin de compte, leur complicité n'a vécu qu'une journée.

Puis août a commencé. Tout lui est devenu plus clair avec l'arrivée de Fanny.

9

La présence des arbustes à petites feuilles et des peupliers blancs fait de l'ombre sur la rive, très appréciable surtout pour ceux qui pratiquent un effort sportif. Tandis qu'elle fait son jogging sur le sentier, ombragé par endroits, l'esprit de Fanny vagabonde sur le retour secret de son père. Elle a beau essayer de se concentrer sur son parcours avec une musique dans les écouteurs, ses méninges ne cessent de se focaliser sur la présence de Michel en mai. Si bien que la joggeuse finit par être déconcentrée et manque de poser le pied dans un trou. Par chance, l'accident est évité, elle échappe ainsi à une entorse voire à une fracture de la cheville.

Agacée par son manque de concentration, à mi-chemin, elle s'arrête en contrebas du fleuve et s'assied à même le sol un instant. Plus détendue, Fanny laisse alors une totale liberté à sa pensée qui l'envahit d'un flot de questions... Pourquoi Michel a-t-il agi discrètement sans informer son épouse ? Que craignait-il en la prévenant ? D'un autre côté, Béatrice a rejeté complètement la théorie de la réapparition de son mari aux cabanons. Toutefois, qu'avait-il à cacher ? Et si sa relation avec Rosie n'était pas si innocente ? Cela signifierait-il que cette Camarguaise ait menti ? Dans ce cas, le comportement de ce père prendrait tout son sens. Néanmoins, il persiste des interrogations sans réponses.

Cependant, Fanny est sûre que Rosie est une femme sincère et vraie, tout comme Marc. En unissant ces deux personnes, elle les imagine en couple. Ils semblent si bien s'entendre tous les deux qu'effectivement ils formeraient un beau ménage. Pour autant, une telle représentation provoque chez Fanny une pointe de jalousie. Que lui arrive-t-il ? S'est-elle éprise de cet homme ? Aussitôt, elle chasse cette fantaisie de sa tête, et se remet au pas de course, plus concentrée que jamais.

Plus tard dans la journée, elle opte pour une sortie cycliste. Elle a préféré le vélo à une ferrade organisée par les régisseurs du gîte. Bien que le marquage au fer rouge soit une tradition pour identifier les troupeaux s'ils venaient à se mélanger, cette pratique heurte un peu la sensibilité de la jeune femme. En ville, elle loue un vélo tout chemin, dont le dépliant publicitaire était à l'accueil du gîte parmi toute une variété de loisirs : balade à cheval, descente en canoë, safari en 4x4, etc.

La vététiste au sac à dos emprunte le circuit de dix kilomètres entre la mer et les marais. Sur les chemins balisés, interdits aux véhicules à moteur pour laisser la totale liberté aux promeneurs, Fanny admire la plage de la digue jusqu'à l'horizon où le ciel et l'eau s'unissent pour ne faire qu'un paysage captivant. Sur le sentier, elle est fascinée par le panorama de la Camargue et la richesse de sa réserve. Durant cette excursion, elle prend le temps de contempler ces cadres magiques et purs. Le soleil est plombant à dix heures, Fanny rafraîchit pleinement sa bouche sèche avec une bouteille d'eau glacée emportée le matin. Une pause de dix minutes où elle échange quelques mots avec d'autres amoureux de la nature s'offrant un repos au même moment. Et puis, elle reprend sa randonnée de presque deux heures où elle profite de ce réservoir de biodiversité.

Durant ces quatre premiers jours, la vacancière a visité la ville d'Aigues-Mortes et ses remparts, sans oublier le petit train que lui avait conseillé Diane. Elle a ensuite vu le musée de la Camargue aux Saintes-Maries-de-la-Mer. Un autre jour, elle a fait une escale dans la capitale au bord du Rhône, Arles. Elle n'a pu passer à côté du musée archéologique de cette ville où les œuvres exposées valorisent le buste de César, les mosaïques et amphores, les sculptures et sarcophages, comme tant d'autres objets antiques et préhistoriques. Ensuite, elle en a profité pour aller se recueillir sur la tombe de son père en y déposant des fleurs, un bouquet composé de plusieurs variétés aux couleurs panachées. Elle est restée un moment devant le caveau, un long moment assise sur ce marbre gris où elle a murmuré quelques mots inaudibles que seuls Michel et elle ont compris.

Plus tard, lors d'un passage devant un commerce, elle remarque une publicité pour un marathon au départ d'Aigues-Mortes prévu le mois suivant. En lisant cette affiche, elle pense forcément à Alex et à tout ce qu'ils ont pu partager malgré la fin de leur histoire. Seraient-ils encore mariés si le sport n'était pas devenu une addiction pour lui ? Une question à laquelle elle n'aura jamais de réponse.

De retour au gîte, elle se glisse sous la douche pour ôter cette pellicule collante de sueur saline sur la peau. Elle reste un long moment sous l'eau en savourant le plaisir d'un épiderme propre et soyeux. Ensuite, elle profite du transat, après un moment rythmé à coups de pédales, avec un roman entre les mains.

*

Le lendemain, près des cabanons, Fanny constate un calme autour de ces maisons. La présence du véhicule de Rosie signale qu'elle doit être chez elle, certainement à se reposer au frais sous la climatisation. Au bord du quai, l'absence de Marc est-elle bien réelle puisque son bateau n'est plus amarré au ponton ? Est-ce que l'un et l'autre seraient partis ensemble sur le fleuve ? Une nouvelle fois, une légère irritation s'empare de Fanny qui rapidement refoule cette bizarre sensation de jalousie. Alors qu'elle fait quelques pas sur la rive, elle croit entrevoir quelqu'un tout près de la plate-forme détruite.

En poussant jusqu'au bout du chemin obstrué par la végétation, elle y aperçoit Rosie assise sur le tronc avec le dos bien droit et les yeux fermés. Au passage d'une petite brise venue lui souffler dans les cheveux, Rosie a un léger sourire. Visiblement, cela ressemble une séance de méditation. Gênée, Fanny tente de s'éclipser en faisant demi-tour quand une brindille se casse sous ses semelles.

— Bonjour, Fanny.

La femme ouvre un œil en laissant l'autre fermé.

— Pardon, je ne voulais pas vous déranger, dit-elle en grimaçant.

— Si vous comptiez longer la rive, c'est impossible, sourit-elle.

— Je sais.

— Vous vous demandez certainement pourquoi je suis installée sur cette bille de bois ? dit-elle.

— La première fois que j'ai vu ce rondin, j'ai pressenti qu'il était précieux. J'avais raison.

— C'était ici que mon père attachait son bateau, dit-elle sereinement. Je paie tous les ans le loyer de cet appontement qui se dégrade d'année en année.

— Si je peux me permettre, pourquoi le garder ?

— Parce que j'avais promis.

— Ne voulez-vous pas le remettre en état ?

— C'était prévu, mais parfois il y a des aléas.

Elle se tait en ayant une pensée pour Michel. Reconstruire le ponton était son idée, sans élaborer de plan, il savait comment le remettre en forme. Elle n'a pas jugé nécessaire de le faire savoir à la fille de ce dernier, cela n'aurait rien changé.

Avant qu'elle n'apprenne la disparition de son ami, Rosie avait accusé Béatrice, elle la pensait être la cause du changement de programme de Michel. Il en était tout autrement en fait, son absence était due à une raison plus grave.

— Un jour, je le rénoverai, promet-elle. Quand ? Je ne le sais pas, mais il reprendra vie. Tenez, je vous cède le fauteuil.

— Navrée si j'ai cassé votre moment de détente.

— Au contraire, je suis ravie de vous prêter ce siège végétal. Écoutez le silence qui nous entoure et laissez-vous porter. Cela fait du bien, vous verrez, garantit-elle en la quittant.

Finalement, Fanny se pose sur le rondin et décide de rester quelques minutes près de ce ponton déstructuré. Jusque-là, elle n'avait pas détaillé ce grand arbre qui apporte un bel ombrage, on le croirait prêt à tomber tant il est penché vers le fleuve. Que ce soit sous cet arbre ou sur ce ponton, la jeune femme aurait aimé partager des heures avec son père comme il avait pu le faire avec Rosie.

Le regard rivé sur le fleuve, elle suit des yeux une quantité d'hirondelles effleurant la surface de l'eau en quête d'insectes. Elle en aperçoit d'autres, perchées sur un arbre à deux mètres d'elle. Tandis que certains de ces oiseaux se grattent sous l'aile, les autres font le guet en tournant leur petite tête coiffée de sombre. Admirative, Fanny observe ce joli tableau naturel en savourant ce spectacle volatile. Encore une petite brise, cet air doux lui caresse la peau, provoquant une réaction épidermique. Une sensation étrange mais agréable.

En remontant la rive, la vacancière surprend Marc en train de vérifier un jerricane de carburant au bateau.

— Bonjour, le salue-t-elle.

— Bonjour et au revoir.

— Je vais réellement penser que je vous fais fuir.

— C'est une pure coïncidence, assure-t-il avec sincérité.

Tout en abaissant le hors-bord dans l'eau, il lui fait alors une proposition pour prouver de sa bonne foi.

— Je descends jusqu'à l'embouchure, ça vous dit ?

— C'est loin ?

— Faut compter une bonne demi-heure pour descendre et donc la même chose pour remonter.

— OK !

Des deux côtés du Petit-Rhône, la végétation est diverse et variée : il y a des tamaris, oliviers de Bohème et joncs piquants et sanguins. Au détour d'un virage, au milieu de troncs et bois flotté, les deux plaisanciers ont le plaisir de voir les taureaux sur une berge, ainsi que les chevaux camarguais sur l'autre. La plupart d'entre eux ont sur le dos un héron garde-bœuf qui est venu s'y percher pour leur permettre de se débarrasser de petits insectes. Plus loin, deux juments semblent s'être enfoncées au bord où il y a très peu de profondeur. Elles avancent en retirant lentement les pattes de cette vase, elles n'ont pas de difficulté à ressortir leurs membres. Cette façon de faire ne leur semble pas inconfortable puisqu'elles continuent à plonger leur museau dans le peu d'eau pour en sortir une algue qui prospère sur un haut-fond. Lorsque ces pouliches décident de stopper leur recherche d'herbes, elles regagnent la terre ferme avec aisance en emportant quelques empreintes noires sur leurs naseaux ainsi que sur leurs pattes.

Parmi la faune, un héron cendré au plumage gris est à peine visible sur la rive. Cet échassier se fond dans la végétation pour surprendre un poisson qui ne se méfie pas, d'un seul coup de bec cette proie est rarement manquée. À quelques mètres du héron, une mouette, communément appelée «gabian», est posée sur un tronc d'arbre qui s'est échoué. Cet oiseau au plumage blanc et bec jaune est, tel un matelot, placé sur un poste d'observation, ne se laissant pas déstabiliser par le passage du bateau.

— Quelle chance d'avoir un si beau temps, aujourd'hui, n'est-ce pas? dit Marc en levant le regard vers le ciel offrant un joli bleu azur inondé de lumière.

— Tout à fait, dit-elle posément en fixant le haut.

— Vous allez avoir du mal à vous détacher d'ici, l'avertit-il.

— Je pense que je suis déjà envoûtée, sourit-elle.

L'un et l'autre trouvent un avantage à ces verres opaques qui abritent des regards gourmands. Ces lunettes dissimulent la véritable orientation de leurs yeux qui n'observent pas uniquement le site.

En continuant le parcours, les promeneurs rencontrent une famille de cygnes glissant avec légèreté les uns derrière les autres. Un heureux cortège familial où les adultes encadrent les sept plus jeunes qui suivent le mouvement. Fanny saisit aussitôt son portable pour photographier ces majestueux oiseaux au plumage blanc soyeux.

— Ils sont magnifiques, s'enchante-t-elle.

Marc fait mine de les regarder alors qu'il ne quitte pas des yeux sa passagère, considérant qu'elle complète la beauté de ce cadre.

— Regardez, on arrive à l'endroit où la mer et le fleuve se rencontrent, dit-il.

Le mélange des eaux favorise la diversité du poisson. L'estuaire, large de plusieurs mètres, offre la possibilité aux pêcheurs de lancer leurs lignes dans le courant depuis les digues rocheuses ; d'autres agissent de même mais à bord d'un bateau mis au mouillage, ceux-là ont moins de risques de casser leur canne.

— Vous voulez faire une sortie en mer ? À part le fait qu'il vous faut rentrer ?

— Rien ne presse.

— Alors, allons-y.

Après avoir dépassé l'embouchure, le bateau navigue en pleine Méditerranée. Marc tire droit vers le large sur plusieurs mètres où rapidement le bleu est profond sur cette mer d'huile. L'horizon s'étend largement jusqu'à observer la courbure de la terre. Un panorama qui procure un sentiment de liberté totale au parfum iodé. Puis, le capitaine vire sur la gauche, cette direction permet de distinguer la ville, le port et ses plages bondées. Fanny remarque le clocher de l'église, elle prévoit de visiter cette paroisse le jour de sa séance de massage à la thalasso. Cette vision d'ensemble mêlant la ville et ses plages est une vraie carte postale vue d'un bateau en plein milieu de la mer.

De retour au quai, Fanny remercie le capitaine pour ce délicieux moment. Elle reconnaît que posséder une habitation près d'un fleuve, ou d'un quelconque point d'eau, permet de s'offrir plus facilement une détente. Debout sur le ponton, elle attend par correction Marc qui finit d'amarrer son bateau. Une fois le bateau bien attaché, ils font quelques pas ensemble avant de rejoindre leurs toits respectifs, ce qui les oblige à passer obligatoirement devant la maison de Rosie. Soudain, sans qu'ils s'y attendent, la sexagénaire sort brusquement de derrière un tamaris de son jardin en poussant un cri.

— Tu pourrais faire une apparition plus discrète, lance Marc.

L'habitante éclate de rire, ayant réussi à les faire sursauter.

— Je vous ai vus arriver. Alors, une autre petite sortie de bienvenue, Marc?

Elle fixe alors son ami avec des yeux rieurs et ce sous-entendu.

— Nous sommes descendus jusqu'à la mer, répond-il avec un regard averti.

— La mer était plate, c'était chouette, complète Fanny.

— Si vous aspirez à d'autres découvertes, demoiselle, je vous conseille de visiter la Camargue profonde cette fois à terre, propose Rosie.

— Au gîte, j'ai vu un prospectus sur des excursions en 4x4, je prévoyais justement de le faire.

— Si vous voulez, je pourrai être votre guide. Ne vous attendez pas au truc bien organisé, notre promenade sera à la bonne franquette.

— Avec plaisir.

— Est-ce que demain vers dix-huit heures ça ira ?

— Impeccable. Je vous retrouve ici ?

— Je vous récupère directement au gîte.

— Parfait ! Eh bien je vous dis à demain, Rosie. Merci encore Marc, c'était sympa.

Après que Fanny s'est éloignée, Marc consulte sa voisine.

— Depuis quand tu es guide, toi ?

— On pourrait l'amener sur la propriété de Jean.

— On ? C'est quoi, cette embrouille ? craint-il.

— Michel n'a pas pu lui présenter la Camargue, alors je prends le relais. Puis, j'ai pensé que tu pourrais être notre accompagnateur, d'autant que tu as le véhicule idéal pour arpenter le terrain cabossé. Une balade avec deux charmantes femmes ne t'emballe vraiment pas ? l'enjôle-t-elle avec des yeux doux.

— Je le fais pour toi, souligne-t-il.

— Mais bien sûr, se moque-t-elle.

10

La poussière se soulève au passage d'un véhicule empruntant l'allée bordée de pins parasols. Rosie avait convenu dix-huit heures et c'est pile à l'heure qu'elle se présente devant le gîte de Fanny.

— Bonjour, Fanny! la salue Marc en se penchant par la portière.

— Oh, bonjour! Je ne m'attendais pas à vous voir.

Bien qu'étonnée de voir cet équipier, celle-ci n'eut de cesse de sentir vibrer son cœur dans sa poitrine.

— À ses heures perdues, Marc est aussi accompagnateur, plaisante Rosie, assise à ses côtés. Vous avez pris un appareil photo?

Tout en s'installant à l'arrière, la jeune femme montre son smartphone en garantissant sa haute qualité d'image.

— À mon avis, il a autant de pixels que ton appareil ou le mien, Rosie! s'incline Marc devant cette nouvelle technologie.

— Vous êtes prête pour environ deux heures de promenade? demande Rosie.

— Oui, répond-elle en tentant de débloquer sa ceinture de sécurité.

— Y a pas de risque de croiser des gendarmes sur notre chemin, on est libres de ne pas se sangler sur la propriété, dit l'organisatrice.

— Notre circuit va se faire sur le domaine, informe Marc. Je connais le propriétaire, il m'autorise à traverser ces terres qui s'étalent jusqu'à la plage.

— Sympa de sa part, répond Fanny.

— Je lui rends quelques services lorsqu'il a besoin.

Il jette son regard dans le rétroviseur et croise le sien. Troublée, la vacancière esquive rapidement en détournant les yeux pour contempler le paysage par sa vitre ouverte.

Sur le chemin semi-tortueux, le quatre roues motrices roule en zigzaguant afin d'éviter les trous formés par les passages d'engins agricoles mêlés au mauvais temps. Les trois passagers gesticulent dans un sens, puis dans un autre, comme un mauvais tour de manège d'un parc d'attractions. Le long de cette voie, Fanny ne distingue que des tamaris d'un côté et un canal de l'autre, des moustiques et autres insectes volants s'invitent dans la voiture par les vitres abaissées. La jeune femme se claque les bras et les jambes. Les piqûres de ces suceurs de sang tatouent d'une marque rouge ses membres bronzés par le soleil. Elle regrette amèrement de s'être vêtue d'une chemise bras nus et d'un short. En revanche, les passagers avant semblent être épargnés par ces bestioles.

— Tenez ! dit Rosie en lui tendant un spray anti-moustiques.

— Oh ! Merci. Vous aviez prévu, je vois.

Elle comprend mieux qu'elle soit la seule à être agressée, car eux ont dû déjà s'asperger de ce produit.

— Il y en a toujours un dans la boîte à gants, répond Marc.

— Tant mieux ! s'exclame-t-elle en se vaporisant tout le corps ainsi que ses vêtements.

Après cinq longues minutes de gesticulations, Fanny est sur le point de déchanter à propos de ce circuit et sa désillusion est remarquée.

— Il faut passer par là pour arriver jusqu'à l'étang, c'est bientôt terminé, garantit Marc.

Fanny fait un sourire de convenance sans répondre.

Il avait raison. Au bout de cette piste, le paysage est immensément grand. Tout semble avoir été ignoré par l'homme. Fanny s'extasie devant cette beauté sauvage où la terre est desséchée, voire craquelée, par endroits, la nature végétale aux différentes teintes verdâtres colore le site.

— Ce cadre est tout simplement extraordinaire, dit-elle en se centrant sur la banquette.

— Et vous n'avez encore rien vu, répond Rosie en se tournant vers elle.

À cette heure de la journée, le soleil inonde sans violence les terres sableuses. En évoluant sur le trajet marécageux, l'invitée est plus radieuse qu'un quart d'heure plus tôt.

— Regardez, Fanny, il y a des taureaux là-bas, indique Marc.

— Où ça ? les cherche-t-elle. Ah oui, je les vois !

— On va se rapprocher.

— Vous êtes sûr ? Faut peut-être les laisser tranquilles, ils sont en liberté ! suggère-t-elle, craintive.

L'absence de clôture ne rassure pas Fanny, persuadée que ces bovins aux cornes relevées pourraient facilement détruire ce 4x4. Les bêtes rustiques fixent le véhicule freinant à moins de cinq mètres d'eux. C'est indéniable, elles sont splendides et leur noirceur brille aussi bien sur leur robe que dans leurs yeux.

— Cette manade est réservée aux courses camarguaises, continue Marc. Vous pouvez sortir, si vous voulez les photographier.

— Je suis tout aussi bien à l'intérieur, préfère-t-elle.

La voiture reprend le chemin en direction d'un grand étang situé un peu plus loin. En arrivant, le chauffeur arrête le moteur et les passagers sortent du véhicule. Les rayons du soleil se reflètent dans cette étendue d'eau où se mêlent des hérons à la couleur cuivrée, des cygnes blancs aux becs orangés, des canards colverts et des flamants à la robe rose allant du pâle au plus prononcé. Ce point d'eau entouré de verdure est le lieu de rassemblement pour les volatiles mais également pour les bêtes en liberté désireuses de s'abreuver. Le calme de cette nature indomptée est couvert par les sifflements et les cancans des palmipèdes.

— Bien que je me répète, c'est vraiment très beau, fait Fanny qui en un clic capture ce tableau naturel. J'imagine que ce n'est pas la première fois que vous venez ici, vous deux.

— En effet, mais c'est constamment nouveau pour nous, répond Rosie.

— Je suis d'accord, confirme l'homme. En tout cas, je suis heureux que cela vous plaise, Fanny.

Durant ces jours, Rosie a pu discerner l'attitude de Marc en présence de la vacancière. La sexagénaire a remarqué qu'il prenait un soin particulier à faire plaisir à cette dernière. La trouverait-il à son goût ? pense-t-elle en souriant subtilement.

Tout en balayant le paysage, Fanny devine la complicité de ses deux accompagnateurs, incontestablement, ils sont amoureux de leur Camargue. Au fond de son cœur, elle espère grandement qu'il n'y a entre eux que l'attirance du site. Elle reconnaît que Marc est séduisant avec ce sourire qui dessine un trait de ride sur ses joues, ces yeux pétillants, cette barbe naissante et ces cheveux grisonnants balayés à l'arrière. En définitive, il lui plaît tellement qu'elle ne contrôle pas les accélérations de ses battements cardiaques dès qu'il pose ses yeux sur elle ou qu'elle entend sa voix. Comment pourrait-elle éprouver un tel sentiment au bout de quatre jours seulement ? Elle refuse de croire qu'une émotion pareille naisse aussi rapidement.

La visite se poursuit en alternance une fois dans le véhicule, une fois à pied. Fanny écoute attentivement chaque parole de ses guides lorsqu'ils lui désignent la flore : des arbustes sanguins avec de petits feuillages formant en bout de branches des grappes, des immortelles à petites fleurs jaunes, des juliennes des sables aux fleurs violettes, de la salicorne aux tiges vertes, de la saladelle toute rose fleurie.

— Vous êtes tous deux de sacrés professeurs, les complimente-t-elle.

— Des années d'études, vous ne vous rendez pas compte, ironise Rosie.

Une plaisanterie qui fait rire le trio.

— De ce côté-ci, il y a la plage, montre-t-il plein sud.

Visible à quelques mètres, c'est en marchant qu'ils la regagnent.

La lumière naturelle est idéale à cette heure-ci, pas de rayons UV violents pour apprécier cette plage totalement déserte dont certains blocs rocheux préservant ce parc naturel se sont affaissés par la dureté des coups de mer. Sur cette étendue sableuse, du bois plus ou moins volumineux s'est échoué sur le rivage, après s'être fait emporter par le fleuve. Il a fini sa descente avec le courant pour se disperser tout naturellement sur la plage. Des mouettes ont trouvé une utilité en ces troncs sur lesquels elles se sont juchées avant de repartir pour leur activité de pêche.

— Il n'y a pas grand monde, ici, remarque la jeune femme. Cela paraît incroyable quand on les connaît surpeuplées.

— Au moins, on ne slalome pas autour des serviettes et on ne reçoit pas un ballon sur la tête, garantit Rosie.

— La plage du Grand Radeau est accessible par des terres privées, ou avec une carte d'accès validée par la mairie. Mais également en bateau pour ceux qui veulent jeter l'ancre et déposer leur serviette tout en respectant les lieux, signale Marc en se laissant tomber sur un gros bois flotté.

— Je vais faire quelques pas de ce côté, décide Fanny.

— Et moi de celui-là, choisit Rosie en marchant à l'opposé.

Tandis que les femmes filent lentement en longeant la plage, Marc scrute cette étendue d'eau salée jusqu'à l'horizon. Seul le silence est rompu par le bourdonnement des vagues qui viennent se casser au bord.

Près d'une demi-heure s'est écoulée, Marc regarde en direction de Fanny qui revient au loin. Il ne s'aperçoit pas qu'au même moment, Rosie s'approche tout près derrière lui.

— Tu es perdu dans tes pensées ? lui dit-elle en prenant place à ses côtés.

— J'admire le paysage, dit-il, surpris.

— C'est un beau panorama, confirme-t-elle en désignant du menton la jeune femme à une centaine de mètres d'eux. Je te connais suffisamment, mon vieux, pour m'apercevoir que cette nana t'a séduit.

— Et ta sœur ! nie-t-il. J'ai plus de soixante balais je te rappelle, c'est une jeunette de quarante-six ans.

— Et alors ? Plus rien ne me choque, tu sais. En fait, je me souviens qu'elle m'a dit ne pas désirer d'homme.

— Ben voilà, n'en discutons plus.

— Pas d'homme pour le moment, rajoute-t-elle.

— Que t'es bête quand tu t'y mets. Qu'est-ce qu'elle foutrait d'un type comme moi, franchement ?

— Donc elle te plaît ! plaisante-t-elle.

— Je dis simplement... Bref, on s'en fiche car la voilà qui arrive, avertit-il en l'apercevant à quelques mètres.

— J'ai l'impression que cette plage s'étend à l'infini, lance Fanny en s'approchant vers eux. J'espère que ce n'est pas un oubli volontaire, il était posé comme ça sur le sable.

Elle montre un sac plastique contenant des canettes de boissons gazeuses vides.

— Je le jetterai en arrivant au gîte.

— Faut espérer que le coupable soit un étourdi. Presque chaque année, un groupe d'écologistes nettoie tout le rivage, dit Marc. Malheureusement, la mer ne rejette pas seulement des morceaux d'arbres. Le Petit-Rhône charrie beaucoup de déchets lors d'inondations.

— J'étais de la partie l'an dernier, avoue Rosie. Dès que j'ai su que l'association sollicitait des bénévoles, je me suis engagée.

— Chouette initiative, reconnaît Fanny. Toutefois, je doute que les crues soient les seules en cause, il doit aussi y avoir des personnes irrespectueuses de la nature.

— Vous avez certainement raison, admet Rosie.

— Eh ben, mesdames, si on décollait ?

Arrivée au véhicule, la jeune invitée s'installe derrière le chauffeur. Elle remercie ses deux guides pour lui avoir permis de voir une flore et une faune totalement sauvegardées. Puis, le silence les accompagne sur le chemin du retour. Pendant ce mutisme, des regards discrets s'échangent dans le rétroviseur. Des coups d'œil répétés entre Marc et Fanny jusqu'à leur arrivée au Clos du Sauvage.

— Vous m'avez accordé de votre temps, vous n'étiez pas obligés. Aussi, je tiens à vous inviter pour dîner. Vous connaissez une bonne table ?

— Vous n'y êtes pas obligée, répondent ensemble les deux guides.

— J'y tiens.

— Je pense à la guinguette, répond Rosie.

Marc confirme ce bon choix qui n'est qu'à peine à dix kilomètres des cabanons.

— Je repars dans deux jours, est-ce que demain vous y irez ? demande Fanny.

— Moi, ça me va, dit la passagère avant en se tournant vers elle.

— Je réserverai une table pour vingt heures, réplique l'autre.

— Très bien. On se rejoint à quel endroit ? demande la jeune femme alors que le véhicule stoppe devant sa porte.

— On vient vous chercher, dit Rosie.

Après avoir laissé la jeune femme, le bolide reprend la petite départementale en direction des cabanons, lorsque Rosie regarde le chauffeur en esquissant un sourire.

— Vous en pincez l'un pour l'autre, ça se voit comme le nez au milieu du visage.

— Qu'est-ce que tu racontes ? Le soleil t'a cogné un peu trop fort sur le crâne, ma vieille !

— Au retour, je vous ai observés en douce tous les deux dans la voiture, et vos regards dans le rétro exprimaient bien plus que de la politesse.

— N'importe quoi ! La prochaine fois, mets un chapeau.

Il y a quelques secondes silencieuses dans le 4x4 avant que Rosie ne reprenne.

— Je retrouve beaucoup de Michel en elle. Dans son sourire, dans sa manière de parler. Elle est vraiment chouette.

— Elle est agréable, c'est vrai.

— On ne peut que l'aimer, n'est-ce pas ?

En guise de réponse, Marc lui adresse un regard en coin.

II

Fanny est fin prête pour cette soirée au restaurant. Elle s'est revêtue d'un ensemble léger en lin beige avec une paire de sandales à talons compensés ; un maquillage naturel donne de l'éclat à son visage et fait ressortir ses yeux noirs. Elle craignait de s'ennuyer durant ces jours et d'errer comme une pauvre âme en peine, en définitive, cela a été tout le contraire. Impatiente de retrouver Marc et Rosie, Fanny s'observe une dernière fois dans le miroir lorsque l'approche d'un véhicule lui indique qu'il est vingt heures exactement. « Décidément, ils sont d'une ponctualité ! » apprécie-t-elle.

Les ampoules multicolores des guirlandes éclairent l'allée d'une ancienne cabane de gardian au toit de chaume. Cette habitation transformée en restaurant offre en terrasse des tables hautes avec leurs tabourets assortis, puis, à l'intérieur, quelques tables rondes et carrées nappées aux couleurs chaudes. Le plafond est soutenu par une charpente massive apparente, et l'ornement mural est aux notes camarguaises et du flamenco. Une grande ardoise sur pied présente l'ambiance de ce soir qui sera rythmée par le son des guitares sèches.

Pendant que le trio commande un apéritif, les tablées se remplissent peu à peu. En l'espace d'une heure, le restaurant affiche complet pour une trentaine de couverts environ.

— Il y a un sacré monde, constate Fanny.

— C'est pour ça qu'il faut réserver, souligne Marc.

— Trinquons à notre rencontre, lance Rosie en levant son verre.

Autour d'un rosé bien frais et d'une tapenade avec ses croûtons, ces nouveaux amis trinquent à ce rendez-vous. Vingt minutes plus tard s'ensuit le service pour l'entrée du menu : des couteaux en persillade choisis à l'unanimité. Le silence durant la dégustation montre leur plaisir à goûter ces mollusques.

— Qu'avez-vous prévu de faire demain, Fanny ? demande Rosie après avoir terminé.

— Me faire masser du bout des cheveux à la pointe des pieds. J'ai repéré le centre de thalasso en ville avec les propositions de soins. J'ai pris rendez-vous avant de reprendre la route samedi.

— Quel bonheur de se laisser aller entre des mains apaisantes, rêve la sexagénaire.

— Votre départ est déjà après-demain ? relève Marc.

— C'est ça.

« Bien dommage ! » pensent ces deux âmes attirées l'une vers l'autre.

Le plat chaud leur est servi : une gardianne et riz de la région pour Marc, loup grillé avec tomate à la provençale et ses légumes pour les femmes. Tandis que la sexagénaire s'intéresse activement à son assiette, Fanny souhaite un bon appétit à ses voisins, une politesse qui lui est renvoyée. À ce moment-là, les guitaristes se déplacent de table en table en reprenant les titres phares d'un groupe gipsy connu internationalement. La musique entraînante incite Rosie à taper des mains et à pousser la chansonnette au refrain. Amusés, ses deux voisins l'accompagnent dans la gestuelle, laissant leurs cordes vocales au repos. Puis, le groupe de musiciens entame une autre chanson en filant à l'extérieur pour animer d'autres tablées. Entre deux pauses musicales des chanteurs, le dessert leur est apporté : crème brûlée à la lavande pour elles, un sorbet citron avec des filets d'amandes pour lui. Un café en chanson clôture ce délicieux repas.

Après avoir quitté ce lieu très joyeux avec des estomacs bien remplis, Rosie a proposé aux deux autres un verre de digestif chez elle pour terminer la soirée.

— Une petite camarguaise ? offre-t-elle en la posant sur la table.

— Je n'y ai pas encore goûté, dit Fanny.

Le digestif à base de plantes et épices est servi dans de petits verres. La jeune dégustatrice hume cette odeur exclusivement réservée aux adultes.

— À combien de degrés est ce truc ? grimace-t-elle.

— Environ quarante, répond Marc. On le boit cul sec ou à petites gorgées.

Au même moment, Rosie et lui portent l'alcool à leurs lèvres en le sirotant doucement. Devant cette démonstration, la novice agit de la même manière. Au contact de cette saveur dans son gosier, la descente chaude et puissante fait plisser ses yeux avec une légère contraction faciale.

— Ça va, Fanny ? demande Rosie.

— On sent bien le quarante degrés, grimace-t-elle.

— Ne vous sentez pas obligée de finir.

— Ça va aller, rassure-t-elle en levant le pouce. C'est fort mais c'est pas mauvais.

Puis, elle avale d'un trait le fond de son verre.

— Quelle descente, je n'aimerais pas la faire à vélo, s'estomaque Marc. Vous risquez de sentir un certain effet après.

— Pas grave, j'arriverai quand même à rentrer au gîte, sourit-elle.

— Hors de question de rentrer à pied, objecte Rosie. Marc se fera un plaisir d'être votre chauffeur, n'est-ce pas ?

Connaissant la finesse de cette entremetteuse, l'homme lui fait des gros yeux en certifiant qu'il la ramènera.

— En tout cas, je vous suis reconnaissante d'avoir pris sur votre temps pour me présenter votre région.

— C'était un peu pesant, mais on l'a fait parce que vous êtes sympathique, plaisante Rosie. Sinon, blague à part, c'était très agréable pour nous aussi.

— Très agréable, répète Marc.

— Il est fort possible que je pointe à nouveau le bout de mon nez, vous savez.

Tandis que l'hôtesse s'enchante de cette nouvelle, Fanny et Marc s'observent de façon irrésistible. Un échange qui n'échappe pas à Rosie qui s'en distrait subtilement.

— La vie est imprévisible, je n'aurais jamais pensé croiser un jour le chemin de la fille de mon grand ami.

— Pareil pour moi. En préparant ces vacances, j'avais un bon pressentiment, il ne m'a pas fait défaut.

— Vous avez eu une bonne intuition, comme a pu l'avoir Marc, dit Rosie en cachant un bâillement derrière sa main.

Aussitôt, il la regarde, craignant qu'elle ne fasse allusion à un quelconque sous-entendu.

— Je ne comprends pas, dit-il.

— Eh ben, en t'installant ici, tu as écouté ton cœur.

— C'est vrai, se soulage-t-il. Tout comme il est vrai que tu ne mettras pas cinq minutes pour sombrer dans ton lit.

— Pourquoi dis-tu ça ?

— Certains signes ne trompent pas, rit-il.

Fanny s'amuse de voir la répartie de ces deux complices.

— Je crois que mon lit m'appelle également, il est près de minuit, signale Fanny.

— Déjà ? regrette la sexagénaire.

Fanny se sent aussitôt mieux avec l'air entrant par la vitre latérale. Assurément, cette liqueur a dû faire monter la température de ses joues.

— Ça va mieux ? demande Marc qui s'est aperçu de ses rougeurs.

— Oui. Et pour ma défense, c'est la première fois que j'avale quarante degrés voire plus.

— Je ne dis rien, sourit le chauffeur.

Cet instant est particulier pour eux, bien qu'ils se soient déjà retrouvés à deux sur le bateau. Une timidité les empêche de converser naturellement, possible que leurs esprits soient occupés par leurs réflexions sur la façon de se quitter, le moment venu. Chacun pense à un simple bonsoir et non à l'échange de bises comme ils l'ont fait avec Rosie. Sans doute aimeraient-ils rallonger le trajet pour profiter encore de quelques minutes ensemble. Toutefois, le silence règne dans le véhicule et aucun d'eux ne semble vouloir entamer la discussion.

La voiture quitte la départementale pour emprunter le chemin de la propriété, les pneus créent un autre son au contact des graviers. Encore une minute avant que les phares pointent l'entrée du logis et que la voiture stoppe complètement.

— Vous voilà arrivée à bon port, lui sourit-il.

— Merci de m'avoir ramenée.

Fanny ouvre la portière, ce qui déclenche la lumière

du plafonnier et elle saisit son sac posé à ses pieds. Elle s'attarde une seconde en adressant une dernière attention à celui qui la trouble depuis le premier jour sur le quai.

— Eh bien, si on ne se revoit plus, bonne route pour après-demain.

— Merci.

Elle reste aimantée à ces pupilles ni marron ni vertes. Elle est telle une collégienne face à un premier rendez-vous. Le cœur battant, la vacancière réalise qu'elle est à deux doigts de commettre certainement un acte impensable avec un homme de seize ans son aîné. Finalement, elle sort de l'habitacle, fuyant une histoire certainement sans avenir et se presse dans la maison. À travers les rideaux, Fanny remarque que les phares restent braqués vers la fenêtre. Marc hésiterait-il à repartir ? Et s'il venait taper à sa porte ? Se laisserait-elle saisir par ses bras ? Sourire aux lèvres, elle reste immobile en flirtant en pensée avec cet homme.

Au même moment, Marc s'étonne de ne pas avoir été plus expressif avec elle. Est-ce la différence d'âge qui le freine ? Il réfléchit quelques secondes en fixant les lumières à l'intérieur de l'habitat. Doit-il couper le moteur et s'avancer devant la porte ? Finalement, la voiture quitte le chemin avec un crissement de pneus sur le gravier.

*

Le lendemain, la séance de massage a littéralement fait fondre la vacancière. Quoi de plus agréable que des mains bienfaisantes pour parfaire cette journée ? Une heure et demie de soins qui l'ont déposée sur un nuage doux et épais à très haute altitude. Un moment unique juste pour elle.

Après cette détente, la jeune femme se restaure dans un établissement offrant la vue sur le port avec une belle assiette de crudités. Ensuite, elle flâne dans les rues en ne résistant pas devant un glacier artisanal. Les bacs aux multiples saveurs laissent l'embarras du choix, elle choisit le parfum mangue-coco. Avant de quitter le centre-ville, elle fait un passage à l'église située sur une grande place ombragée de mûriers-platanes. Impossible de snober cette architecture du XIIᵉ siècle où s'impose le silence. La jeune femme catholique mais non pratiquante éprouve un bien-être inexprimable. Ce lieu de culte possède un toit-terrasse accueillant des visiteurs. De là-haut, elle a une vue grandiose sur la Méditerranée et la Camargue, et savoure ce paysage panoramique.

À son retour au gîte, devant un verre de thé bien frais, Fanny rit en lisant un texto de Laura réclamant de ses nouvelles en demandant si les Camarguais sont charmants. Dans la foulée, Fanny lui répond que tout va parfaitement bien et que tout ici est agréable à regarder. La seconde suivante, son téléphone s'affole musicalement et la jeune femme s'esclaffe en voyant le nom du contact.

— Tu n'as pas pu te retenir, Laura ! s'amuse-t-elle.

— Eh ben non. J'ai mis le haut-parleur, je suis avec Diane.

Fanny et Diane se saluent.

— Comment se sont passées vos vacances avec ta fille, Laura ? demande Fanny.

— Bien dans l'ensemble, mais pour elle, il était temps de rentrer. Et toi ? Il paraît que tu as fait des connaissances et même du bateau en tête à tête.

— C'est vrai. Marc est un gars sympa.

Elle s'amuse à allumer la curiosité chez ses amies.

— Allez, envoie tout, Fanny! exigent ses copines. Ne compte pas t'esquiver, ma belle.

Les deux quadragénaires piétinent d'impatience à l'autre bout du téléphone.

— Comment il est? Grand ou petit? Gros ou mince? questionnent-elles à tour de rôle.

— C'est un sexagénaire, divorcé, charmant pour son âge, les cheveux un peu grisonnants, un sourire charmeur, des yeux noisette légèrement teintés de vert, mesurant plus d'un mètre soixante-quinze. Il a une voix grave comme personne, elle vous rassure et vous enveloppe.

En décrivant le personnage, Fanny est portée sur un nuage comme ce matin entre les mains de la masseuse. Dans le Vaucluse, les deux alliées captent l'enchantement de leur collègue. Il y a longtemps qu'elles ne l'avaient pas entendue parler ainsi de la gent masculine.

— En tout cas, j'ai l'impression qu'il ne te laisse pas indifférente, renchérit Diane.

— Je vous vois venir avec vos gros sabots toutes les deux.

— Eh ben, j'aimerais beaucoup être prise dans les filets de ce pêcheur, dit Laura.

Une remarque qui fait rire ces trois amies.

Fanny ne peut nier que Marc a fait chavirer son cœur au moment où elle l'a croisé. Hier, dans ce véhicule qui la ramenait au gîte, elle aurait volontiers collé ses lèvres aux siennes. Elle regretterait presque de ne pas lui avoir volé ce baiser. Un épisode de la soirée qu'elle se garde bien de relater à ses interlocutrices sans quoi, ces dernières la taquineraient encore plus.

12

Demain, Fanny repliera ses bagages et rapportera à l'intérieur des flamants roses en peluche pour ses nièces, des gourmandises pour ses deux amies. Avant de venir en vacances, elle avait une légère appréhension de partir seule dans un milieu qui lui était totalement inconnu, c'était une nouveauté pour elle. Finalement, elle est pleinement ravie de ce choix, de ces découvertes et de ces rencontres. Si les évènements s'étaient déroulés autrement au printemps, elle aurait pu visiter ce lieu avec son père.

Avant son départ dans vingt-quatre heures, elle tient à voir, pour la dernière fois, le quai et ses bateaux, les habitations qui logeaient autrefois bien plus de pêcheurs qu'aujourd'hui. Et puis, si Rosie et Marc sont présents, ce sera une opportunité de leur dire au revoir avant de repartir définitivement pour le Vaucluse.

Le 4x4 de Marc est garé devant son domicile, il y a une forte possibilité qu'il soit chez lui, à moins qu'il soit allé naviguer. En revanche, elle constate que le véhicule de Rosie est absent, elle n'est donc pas là. Fanny se dirige vers le quai et constate malheureusement que seuls les cordages occupent l'emplacement. En conclusion, les deux personnes qu'elle pensait voir ne sont pas là.

— Si vous cherchez Marc, il est parti y a une heure, s'écrie une voix derrière elle.

En pivotant, elle remarque un homme d'un certain âge légèrement courbé avec un mégot aux lèvres. Elle se rappelle l'avoir aperçu sur le quai dans la semaine, il était vêtu de la même façon : chemise à carreaux, pantalon jean, casquette au motif aquatique. Les vêtements semblent ne pas avoir fait connaissance avec la machine à laver, comme les baskets à scratch couvertes de poussière. Elle suppose que le vieil homme n'a pas d'épouse à ses côtés pour veiller sur lui.

— Bonjour, monsieur, je crois que vous habitez les cabanons ?

— Eh bien sûr !

Sans attendre, il rejoint son embarcation juste à quelques mètres du ponton de Marc. Sur le point de tourner les talons, la jeune femme se ravise et le suit.

— Excusez-moi, l'appelle-t-elle.

Il se retourne et l'observe curieusement.

— Oui.

— À tout hasard, savez-vous si Rosie est partie pour la journée ?

— J'en sais fichtre rien, demoiselle. Je ne m'occupe pas des allées et venues.

— Bon... Merci quand même.

Il lui tourne le dos et prend appui sur un poteau en bois enfoncé dans la vase pour accéder à son bateau. Un geste qui laisse apercevoir des biceps tout distendus sous les manches courtes de sa chemise.

— Je peux vous aider ? propose-t-elle spontanément.

— Mon petit, c'est pas parce que j'ai l'air tout rabougri que je suis empoté !

Sans intervenir, elle le surveille de près. Avec des gestes mal assurés, il embarque sans trop de difficultés. Alors qu'elle décide de repartir, le vieil homme poursuit :

— Je vous ai vue sortir de chez elle l'autre jour. Je ne vous avais jamais vue jusqu'à présent.

Pour quelqu'un qui ne se préoccupe pas des va-et-vient, il en sait amplement, pense la jeune femme.

— En effet, c'est la première fois que je viens ici. Je m'appelle Fanny, se présente-t-elle.

— Eh ben moi, c'est Maurice.

Tout en discutant, il sort deux boîtes d'un caisson et commence à détailler leur contenu à la jeune femme.

— La verte c'est pour les plombs et les leurres, la rouge c'est pour les hameçons et les bas de ligne.

— J'ai vu à peu près la même chose dans la boîte de Marc.

— Tu es sa copine ? Je te tutoie parce que tu pourrais être ma petite-fille, se permet-il.

Elle l'encourage avec ardeur. En effet, ce pêcheur qui semblait un peu bougon au départ est en définitive très touchant.

— Non, rougit-elle.

Aussitôt, elle lit l'inscription sur la coque pour clore le sujet.

— *Le vieux loup*. Vous avez donné un joli nom à votre barque.

— C'est un pointu, rectifie-t-il.

— Et vous continuez à naviguer ?

— Eh non ! J'avais bien un collègue pour m'accompagner, mais il dit être trop vieux pour ça. Je reconnais qu'on n'est plus de la première jeunesse, mais lui est plus jeune que moi. Si ma vieille carcasse me rappelle mes quatre-vingt-quatorze ans, il n'en a que quatre-vingt-dix, lui, bon sang !

— Ah oui, quand même ! sourit-elle en cachant sa moquerie.

— Comme il n'est pas prudent de voguer tout seul, surtout à mon âge, alors, je trie mes boîtes en permutant les plombs ronds et ceux en losanges, râle-t-il.

—Vous avez raison, c'est plus prudent. En tout cas, je suis certaine que d'autres personnes de votre âge seraient incapables de grimper dans un bateau comme vous le faites ! le complimente-t-elle pour le consoler.

— On garde le pied marin même avec de vieux os. Et toi, tu l'as ?

— Le pied marin ? Oui, je suis assez à l'aise sur l'eau. Vous étiez un pêcheur professionnel comme le père de Rosie ?

— Tu as connu Fernand ?

Il ne lui laisse pas le temps de répondre et continue immédiatement :

— J'ai embarqué longtemps sur un chalut par n'importe quel temps. Fernand faisait plutôt du côtier. C'était mon bon copain, celui-là. Il vivait de ses petites pêches mais ça lui suffisait. Il n'avait pas d'assistance électrique pour relever les filets, il n'avait que ses bras et pour ça, il avait tout mon respect.

— C'est un dur métier.

— Très dur. Je me souviens qu'il y avait un jeune avec lui, ça l'aidait beaucoup. Il me semble qu'il était d'Arles.

Fanny saisit aussitôt qu'il s'agit de son père, alors qu'elle s'apprête à avouer qu'elle est la fille de cet apprenti. Maurice enchaîne.

— La Rosie s'était amourachée de ce gars, sourit-il.

Soudain, Fanny le fixe sérieusement comme un arrêt sur image. Rosie aurait été amoureuse de Michel ? Il n'y aurait donc pas eu qu'un sentiment de fraternité, conclut-elle. Pourquoi avoir caché que c'était un amour de jeunesse ?

— Comment il s'appelait déjà ? reprend l'homme en se concentrant.

— Michel, non ? dit-elle sans évoquer son lien familial avec lui.

— Ouais, c'est ça. On aurait dit qu'il était né sur un bateau tellement il était à l'aise. C'était un jeune poli et gentil.

Fanny savoure ces belles phrases. Michel était heureux dans cette région, en conservant l'album, il pouvait revivre ce bonheur à travers les photos en toute discrétion. En se courbant sur son bateau, Maurice mâchouille quelques mots inaudibles, obligeant la jeune femme à le faire répéter :

— Désolée, je n'ai pas compris.

— Fernand l'estimait comme un fils, recommence-t-il en se redressant. Il voyait en ce garçon la relève. Mais bon, il rêvait, mon copain, parce que le jeune est parti comme un voleur du jour au lendemain.

Le sourire de Fanny s'efface. Alors qu'elle se ravissait de voir son père heureux en devenant un pêcheur professionnel, Maurice vient de détruire cette douce pensée. Elle est convaincue qu'il s'égare car son père n'avait pas cette indélicatesse.

— Vous êtes sûr de ça ?

— Que diantre ! Fernand avait ressenti ça comme un coup de couteau dans le dos planté par son propre fils.

— Vous devez vous tromper.

— Je ne pars pas encore en sifflet, petite ! se braque-t-il.

— Ce n'est pas ce que je sous-entends, pardonnez-moi.

— Mumm... Alors, où j'en étais, moi ?

Maurice se remet à ses occupations et Fanny comprend qu'en ayant involontairement froissé le vieil homme, leur conversation n'ira pas plus loin. Elle ne peut croire que Michel ait agi ainsi, parce qu'il aurait assurément donné une explication à son père de cœur avant de fuir comme un voleur comme l'a dit Maurice. Dans la supposition où il aurait eu cette réaction, était-ce la honte de son attitude qui l'a empêché de revenir aux cabanons ? Seule Rosie détient les réponses, il est impératif qu'elle lui raconte tout sur cette histoire qui ressemble à une trahison.

— Eh bien, bonne journée, Maurice, lance-t-elle avant de partir.

— On va essayer.

Au même moment, il se met à tanguer légèrement en voulant se mettre debout dans son pointu. Fanny attend un instant avant de repartir, craignant qu'il ne chute dans l'eau. Néanmoins, l'homme de quatre-vingt-quatorze printemps prouve incontestablement son équilibre sur un bateau.

*

Le coup de fil de Rosie vers midi a ravi la jeune femme. Son petit mot déposé dans sa boîte aux lettres a eu son effet. Juste après avoir laissé Maurice, la jeune femme a glissé une feuille de son carnet chez Rosie, sur laquelle elle avait noté son téléphone avec un message : «**Rosie, voici mon numéro, appelez-moi SVP avant que je ne reprenne la route demain matin. C'est important. Fanny.**» Elle avait pris soin d'accrocher la feuille au volet de la boîte aux lettres afin que la propriétaire la découvre dès son retour. Il était primordial qu'elle connaisse le fin mot de cette histoire avant de repartir définitivement.

En revenant vers la maison de Rosie en fin d'après-midi, Fanny est accueillie par une hôtesse radieuse dans une robe florale et des tongs colorées.

— Ce matin, j'ai apporté des fleurs à Michel, dit la sexagénaire. Il y avait un bouquet qui commençait à faner, mais je ne l'ai pas enlevé.

En apprenant par la fille du défunt qu'il reposait à Arles, Rosie n'a pas eu besoin d'en connaître l'endroit exact puisqu'elle avait assisté aux obsèques des parents Aubert.

— C'était le mien.

— Je m'en suis doutée, sourit-elle. Au téléphone, vous disiez qu'il était préférable de se voir.

Elle l'invite à s'asseoir et Fanny décide de jouer cartes sur table.

— Bien que j'aie du mal à l'imaginer ainsi, est-ce que mon père a été ingrat avec votre famille ?

— Pardon ? se choque Rosie. D'où tenez-vous ça ?

— J'ai fait la connaissance de Maurice, ce matin. Il a la conversation facile.

— Qu'est-ce qu'il a raconté, ce vieil homme ? se désole-t-elle.

— Il m'a confié que Fernand voyait la relève en mon père.

— C'est vrai.

— Et qu'il a été trahi par cet apprenti.

— Ce n'est pas exactement ça.

— Que s'est-il passé ? demande Fanny, outrée.

— C'était il y a longtemps, c'est sans importance.

— Ça en a pour moi.

Un calme se fait avant que Rosie ne réponde :

— Un choix s'imposait à Michel : la pêche ou la petite amie. Deux choses qui ne pouvaient pas s'unir.

Face au malaise de son hôtesse, Fanny lui porte un regard inquisiteur en la reliant à cette union. Possible que Fernand n'ait pas vu d'un bon œil un fils de cœur et un gendre réunis. Et si le pêcheur s'y est opposé, cela a pu faire fuir Michel.

— J'ai une autre question, quelle relation réelle entreteniez-vous avec mon père ?

— Fusionnelle.

— Dites-moi la vraie raison de sa venue en mai, Rosie, demande-t-elle, suspicieuse.

— Comme je vous l'ai dit, la Camargue lui manquait.

— Et vous ? Vous lui manquiez aussi ?

— Je ne vous cache pas que nous étions très ravis de nous revoir.

— En fait, vous étiez amants, n'est-ce pas ? Vous pouvez l'avouer maintenant qu'il n'est plus là ! se heurte-t-elle en quittant brusquement sa place.

— Vous vous méprenez, Fanny !

Face à cette attitude, Rosie refuse de la laisser partir avec de pareilles suppositions.

— Il n'était pas un salaud et moi non plus, garantit calmement la propriétaire.

— S'il n'en était pas un, alors expliquez-vous, ordonne-t-elle, contrariée.

— Asseyez-vous, s'il vous plaît.

Fanny s'exécute en fixant son hôtesse avec la sensation d'entendre fortement les battements de son cœur dans ses oreilles.

— Donnez-moi une minute, je reviens, dit Rosie en regagnant la cuisine.

Elle apporte une bouteille d'eau pétillante bien fraîche avec deux verres. Sans un mot, l'hôtesse remplit les gobelets tandis que l'invitée regarde activement ce geste. La boisson aux fines bulles est bue en un rien de temps par les assoiffées.

— Votre ressemblance avec lui a suscité ma curiosité la première fois que je vous ai vue.

— Je me souviens de votre regard insistant.

La vacancière se rappelle parfaitement ce jour où elle

terminait son jogging. Rosie taillait ses fleurs et l'avait fixée longuement jusqu'à la mettre mal à l'aise.

— Revenons à mon père. Pourquoi est-il parti brusquement en abandonnant la pêche ?

Un drôle de silence s'installe subitement.

— Sincèrement, vous devriez d'abord vous entretenir avec votre mère, je suppose que ce serait mieux.

— Mieux pour qui ? Moi ou vous ?

— Pour ma part, cela ne changera rien à mon quotidien.

— Ça changera le mien ?

Rosie essaie-t-elle de lui dire que Béatrice est malsaine ?

— Je ne sais pas, Fanny... Possible.

Les phrases à demi-mot de Rosie commencent à turlupiner la jeune femme qui se mordille la lèvre inférieure. En observant curieusement cette sexagénaire, Fanny ne doute plus de son implication dans ce passé, d'où son hésitation à en parler.

— Écoutez, Rosie, votre suggestion mère-fille est peine perdue. Je ne repartirai pas d'ici sans que vous ne m'ayez parlé en toute franchise.

— Très bien. Je vous préviens, vous n'allez certainement pas apprécier ce que je vais vous dire.

— Je suis seule juge.

— Encore un peu d'eau ? propose-t-elle en soulevant la bouteille.

— Non, merci.

Rosie remplit uniquement son verre et le vide aussi sec. Les deux femmes se regardent pendant quelques secondes.

— Bien, par où commencer ? reprend-elle.

— Par le début, je suppose.

— Cela risque d'être long.

— Aucun problème, mon départ n'est prévu que demain. Alors, de la même façon qu'elle l'a raconté à Marc quelques jours auparavant, Rosie décrit une seconde fois comment elle a perdu un ami à cause d'une tierce personne.

*

Lorsque Michel avait fait la connaissance de Rosie, une amitié profonde était née rapidement. À ses heures libres, il quittait Arles et fonçait aux cabanons en Mobylette, puis une fois le permis en poche, il rejoignait Fernand en voiture. Il aimait passer du temps dans le milieu aquacole pour le plus grand bonheur du pêcheur. Ce patriarche était ravi de transmettre quelques astuces à ce jeune qu'il avait tout de suite estimé. Pour Rosie, Michel était comme le frère qu'elle n'avait pas. Ils se confiaient tout : chagrins d'amour, tensions familiales, l'avenir, les fous rires, les coups de blues. Parfois, il leur arrivait d'être en désaccord, cependant, leur bouderie disparaissait aussi vite qu'elle était venue. Une amitié belle et sincère qu'ils croyaient indestructible.

Puis, Michel a rencontré Béatrice et tout a changé. Il était subjugué par cette brune aux yeux clairs à l'allure impeccable. Dans les premiers temps, Rosie était ravie que son ami soit heureux et respire le bonheur. Cependant, au bout de six mois, cette amie protectrice a maudit Cupidon.

Elle était aux premières loges pour constater la soumission de cet homme, cela lui brisait le cœur. Elle avait tenté de lui ouvrir les yeux pour qu'il prenne conscience que sa dulcinée jouait avec ses sentiments. Des avertissements qui sont restés inefficaces. Qu'aurait-elle pu faire ou pu dire de plus ? Elle ne voyait qu'un petit oiseau mangeant dans la patte d'un chat et cela la désolait. Béatrice l'avait ensorcelé tel un charmeur de serpent qui hypnotise son reptile, le rendant parfaitement docile. Finalement, après avoir été savamment manipulé, Michel abandonnait la pêche et se détachait définitivement de la Camargue.

*

Moins d'une heure s'est écoulée lorsque Rosie achève ce récit, en finissant par une dernière affirmation : « Il affichait le bonheur avec cette femme, mais ce n'était qu'une façade. »

Juste après cette discussion, une énorme migraine envahit les tempes de Fanny. Elle se préparait à tout entendre mais s'attendait-elle à cela ? La retombée a été à l'instar d'une bombe dont la détonation aurait expédié son esprit au-delà du cosmos. Après avoir eu le sentiment que le sol se dérobait sous ses pieds, elle a cheminé lentement jusqu'au gîte avec pour écho « Un homme manipulé. » En fin de compte, Michel avait fait des sacrifices dans l'espoir d'être heureux.

Aussitôt rentrée au gîte, elle apaise sa névralgie avec du paracétamol, emporté dans les bagages. La tête est encore embrouillée par une phrase qu'a dite Rosie parmi tant d'autres : « Pour elle, il a renoncé à sa famille, à la Camargue. » Dans un premier temps, elle songe à faire part de cet entretien à son frère, mais son bouleversement freine son action. Assurément, il ne croirait pas à tout ça, elle-même a de la difficulté à y adhérer. De toute façon, une discussion si personnelle doit se tenir de préférence entre quatre yeux.

Le soir, le sommeil est difficile à trouver. La jeune femme se tourne, vire dans son lit en tentant de se débarrasser de la dernière heure passée chez Rosie. Pour l'aider, elle pense à ses amies, à ses petites nièces, même à Marc. Tout y passe, mais rien n'y fait. Les paroles de la sexagénaire résonnent en boucle telle une chanson que l'on ne peut chasser de son esprit.

Finalement, la fatigue prendra le dessus et Fanny sombrera sans s'en rendre compte.

13

Éviter l'autoroute et emprunter la nationale est certes plus long, mais plus tranquille. La conductrice a choisi de traverser les agglomérations à la place de rouler avec des automobilistes pressés roulant entre cent dix et cent trente kilomètres à l'heure sur voie rapide.

Hier a été une journée éprouvante émotionnellement pour Fanny, les déclarations de Rosie ont été fortes. Impensable de savoir que grâce à ses enfants, Michel a été plus solide et imperméable face à l'irritabilité de Béatrice. Elle ne nie pas que sa mère est comme un dur capitaine tenant fermement la barre d'un navire, sans pour autant maltraiter les matelots. Il est certain que l'ambiance à la maison était plus détendue en l'absence de Béatrice. Laurent et sa sœur avaient remarqué que leur père n'était pas complètement le chef de famille, mais en leur sens ce n'était pas dramatique.

Michel ne cessait de jouer les clowns pour faire rire ses enfants. À la belle saison, il organisait des sorties à vélo. Il n'y avait que trois bicyclettes : étant donné que la maîtresse de maison n'avait pas l'âme d'une cycliste, elle n'en possédait pas. Les deux-roues séjournaient dans le hangar tout l'hiver, puis, dès les beaux jours, ils étaient dépoussiérés et révisés. Tout excités, les deux gamins aidaient leur père à regonfler les pneus, retendre la chaîne, vérifier les patins et les poignées de freins. Fanny revoit sa mère derrière un carreau vitré les regardant s'affairer à leur nettoyage ; en y réfléchissant bien, elle affichait une moue montrant plutôt du mépris que de l'amour. Cette famille heureuse sonnait-elle vraiment faux ? Michel aurait-il vécu toutes ces années avec des bassesses à répétition ?

*

Il est presque treize heures quand Fanny arrive dans sa ville. Elle a roulé tout en prenant son temps. Elle aurait volontiers continué, repoussant ainsi le moment de devoir mettre au jour les déclarations de Rosie à son frère. Dans l'après-midi, Fanny s'occupe à visionner ses photos de vacances, transférées de son smartphone sur son ordinateur : les paysages sur le fleuve avec toutes ces espèces de volatiles ; la terre saline où elle a croisé le regard noir des imposantes bêtes avec leurs veaux, des chevaux avec leurs yeux cachés par une crinière blanche ; la longue plage s'étalant sur plusieurs kilomètres parsemés çà et là de bois flottés. Fanny se laisse transporter vers ces odeurs qui sont restées imprégnées dans ses narines. Au détour d'une photo, qu'elle juge encore plus magnifique que les autres, il y a cet homme capturé involontairement devant l'étang aux flamants. Elle n'avait plus ressenti cela après sa séparation avec Alex, elle se croyait incapable d'avoir des sentiments pour un autre. Et pourtant, voilà qu'au terme de ces huit jours en Camargue, elle affectionne sa voix grave et son sourire chavirant. En repensant à la soirée où il l'a ramenée, le désir de poser ses lèvres contre les siennes ne s'est pas éteint. Elle regrette presque de n'avoir pas fait ce pas.

Ce n'est qu'après avoir terminé sa rétrospection que la jeune femme téléphone à son frère.
— Salut, frérot !

— Ça y est, de retour ?

— Toutes les belles choses ont une fin, dit-elle. J'ai acheté deux doux flamants qui orneront les chambres de mes nièces préférées.

— Elles vont être enchantées.

Le frère et la sœur discutent quelques minutes puis, Fanny en vient aux faits :

— Faudrait qu'on se voie, Laurent, il y a quelque chose que je ne peux pas laisser pourrir, dit-elle.

— Sucré ou salé ? demande-t-il en imaginant un mets délicieux.

— Épicé. Tu risques de ne pas aimer. Quand pourrais-tu venir ?

— Aujourd'hui vers dix-sept heures. Je serai seul, Anne mène les filles chez les beaux-parents, les petites vont y rester quelques jours.

— C'est parfait !

*

Dans le salon, la fratrie discute côte à côte sur le canapé. L'hôtesse a préparé du café accompagné de petits biscuits de la Camargue.

— Elles vont aimer ces peluches, garantit Laurent. Ravie de ce séjour ?

— Oui. Ce site est reposant et il regorge d'espèces animales. J'ai pris des photos, je te montrerai.

— Ils sont bons, ces biscuits ! dit-il en piochant une nouvelle fois dans la boîte en métal. Lequel est épicé ?

Laurent fait allusion au sous-entendu de sa sœur glissé deux heures plus tôt.

— Ce n'est pas les biscuits.

— Il y a autre chose à goûter ? se ravit-il.

— Ce n'est pas comestible. C'est au sujet de papa.

— Papa ? Quel rapport avec l'épice ?

Elle lui apprend tout sur leur père, qu'il aurait fait de la pêche son métier et envisageait de vivre aux cabanons ; qu'il aimait monter à cheval et assister aux ferrades, une fête traditionnelle autour du bétail ; qu'il poussait la chansonnette au clair de lune après une soirée bien arrosée entre collègues. Et le détail final est qu'il était revenu dans cette région juste avant son accident cardiaque, qu'il a passé la journée avec une de ses vieilles connaissances. Par ailleurs, ce qui lui tenait à cœur était de faire connaître ce bel endroit à ses enfants. Indéniablement, Michel a été un autre homme sur les Terres du Sauvage.

Laurent est peu étonné de découvrir un autre père, néanmoins, il est ravi que cet homme ait profité dans ses jeunes années.

— Effectivement, je ne l'imaginais pas sur un cheval, ni pêcheur aguerri, et encore moins à faire des vocalises avec un verre de trop, sourit-il. Comment sais-tu tout ça ?

— Justement par cette amie revue en mai.

— C'est qui, celle-là ?

— Rosie. Ils se connaissaient depuis leurs seize ans. Mais, ce n'est pas tout.

— Tu vas me sortir que cette Rosie était sa petite copine de l'époque ? Il y a plus de quarante ans, Fanny, on ne va pas en faire tout un plat.

— Non, c'est pas ça.

— Ils étaient encore amants ? se choque-t-il.

— Laisse-moi terminer, s'il te plaît, c'est assez difficile.

— Ne me dis pas qu'ils ont eu un gamin ensemble ? se heurte-t-il.

— Tais-toi et écoute-moi, l'arrête-t-elle gentiment.

Il se coud la bouche en mimant le geste. Fanny continue ses révélations plus centrées sur le comportement de Michel avant et après sa rencontre avec sa femme. De quelle manière cet homme n'avait pas eu le choix de couper les ponts avec tout ce qui lui tenait à cœur pour les beaux yeux de son épouse.

— Tu insinues qu'il était malheureux avec notre mère ? Quelle connerie ! objecte-t-il.

— Je sais, ça paraît insensé, il était toujours souriant, aussi on ne lui a jamais demandé s'il allait vraiment bien. Reconnais que quelquefois, elle était dure avec lui.

— Elle était incisive avec nous aussi, c'est dans son caractère. Cela ne nous a pas rendus malheureux pour autant.

Elle lui avoue avoir réfléchi à ces années précédentes depuis ces vingt-quatre heures. À l'époque, ils étaient en grande partie avec leur père qui s'occupait en permanence d'eux. Ils vivaient peu de moments personnels avec leur mère ; en semaine, elle était au bureau ou en déplacement, et le week-end elle n'avait que peu de temps à leur consacrer. Ils ne la voyaient que deux heures avant de partir à l'école, deux heures le soir avant le coucher. Michel s'occupait beaucoup d'eux, il leur faisait les devoirs, leur préparait leur repas et les bordait. Pendant les vacances, c'était toujours lui qui partageait des activités avec ses enfants : des bonshommes de neige en station, des châteaux de sable à la plage, des balades à vélo, et des tas d'autres choses.

Fanny fait part également d'avoir entendu sa mère râler auprès de leur père. À cette époque-là, il disait : «Elle est énervée, elle est fatiguée, elle ne pense pas ce qu'elle dit.» Cependant, ce qu'elle ne voyait pas avec son frère, c'est que derrière les murs, Béatrice créait parfois des sentiments d'infériorité jusqu'à agir sur la sensibilité. Avec le recul, Fanny requalifie ces phrases qui défendaient cette femme, en fait, cet homme camouflait une peine derrière un masque.

Un moment plus tard, tous deux s'observent longuement, pensant finalement qu'ils n'avaient pas une famille ordinaire.

— J'ai comme un goût amer dans la bouche. Je m'en veux presque de n'avoir rien perçu, tu sais.

— C'est ridicule, il ne faut pas. Tous ces dires sont exagérés. Papa n'était pas influencé, il savait se faire entendre aussi.

— Ce n'est pas faux... Et si j'en discutais quand même avec elle ?

— Maman ? Lui dire quoi ? Qu'elle a eu un comportement abusif ? Qu'elle a un caractère de con ?

— Évidemment pas avec ces termes-là.

— Je n'y vois aucun intérêt, de plus, je suis sûr que cette entrevue volera en éclats.

— Est-ce que tu te rends compte qu'elle m'a affirmé droit dans les yeux qu'il avait choisi de quitter les cabanons et Arles de son propre chef ? Alors qu'en fait elle lui interdisait d'évoquer même le mot «Camargue».

— Je vais te faire une petite recommandation, oublie tout ça et poursuis ton quotidien.

— C'est ça ton conseil ? Oublier qu'il puisse avoir été brimé ?

— Il ne l'était pas, rassure-toi !

Elle le regarde sans grande conviction.

— Je t'assure, Fanny, tu exposes un problème alors qu'il n'existe pas. Je n'en vois aucun et notre conversation ne sera même pas rapportée à ma femme.

*

Le même jour, à cent cinquante kilomètres de là, Rosie est en plein jardinage. Après avoir arrosé les pots de plantes, elle taille les fleurs qui sont en fin de floraison. Sous son chapeau de paille, elle contemple les roses rouges aux pétales veloutés.

— Encore une qui te laisse hésitante, ironise Marc.

— Pas du tout, lui sourit-elle. Qu'as-tu pêché ? demande-t-elle en voyant la boîte polystyrène.

— Quatre muges dont un pour toi, chère amie. Regarde comme ils sont beaux !

Il lui montre la taille des poissons en retirant le couvercle de sa boîte.

— Le plus petit m'ira très bien, choisit-elle en s'avançant vers lui. Allez viens, rentrons.

Une fois à l'intérieur, elle ouvre un tiroir et prend un sachet alimentaire. Le poisson vidé et écaillé auparavant par Marc est aussitôt congelé.

— J'ai parlé à Fanny, hier.

— Elle a repris la route ce matin.

— C'est ça... Je lui ai dit pourquoi Michel ne venait plus en Camargue, j'ai aussi dit ce que je pensais de sa mère. En bref, tout ce que je t'ai raconté.

— Pourquoi ?

— Elle pensait qu'il était revenu en mars pour moi, en somme que nous étions amants. J'ai dû alors mettre les choses au clair.

— Quelle a été sa réaction ?

— Très choquée. Elle répétait « c'est impossible, c'est impossible ». Puis, elle est partie sans se retourner.

— Fallait s'y attendre.

— Je sais... Je vais certainement réveiller un volcan. Béatrice ne va pas digérer que j'apparaisse de nouveau dans sa vie. J'aurais peut-être dû la fermer !

Rosie se mordille la lèvre, regrettant d'avoir tout raconté à la jeune femme.

— Tu redoutes la réaction de cette femme ?

— Personnellement, je me fiche d'elle. Seulement, Béatrice est une manipulatrice de première. Elle a réussi à influencer Michel et je crains qu'elle agisse pareil avec sa fille.

— Dommage que tu n'aies pas le téléphone de Fanny, tu aurais pu prendre de ses nouvelles.

— Elle me l'avait noté, se rappelle-t-elle. Tu sais, j'ai un peu foutu le bazar avec mon déballage, il se peut qu'elle ne veuille plus m'entendre.

— Tente quand même et tu seras fixée.

— Tu as raison. Mince, qu'est-ce que j'ai fait de son papier ? Elle le cherche en balayant la pièce du regard.

— Ah ! Il est là ! s'écrie-t-elle en le voyant sur son buffet. Je l'appellerai dans quelques jours. Cette fille est sympa et ce serait idiot de lui avoir coupé l'envie de revenir.

— C'est une chouette fille, c'est vrai.

Marc ne complète pas sa phrase... il ne dit pas que cela lui plairait de recroiser cette femme aussi agréable à écouter qu'à regarder. Toutefois, sans même qu'il le souligne, Rosie devine largement ses pensées. Elle se doute qu'après tous les regards que se sont adressés Fanny et lui dans la semaine, ils seraient assurément heureux de se revoir.

— Elle reviendra, assure la sexagénaire. Et tu sais pourquoi?

— Parce que cela lui a plu.

— Tout lui a plu, absolument tout.

*

Deux jours après le passage de son frère, Fanny reçoit ses deux amies. Toutes les trois ont décidé de se retrouver en fin de journée après leur travail. La jeune femme montre un visage enjoué face aux pétillantes Diane et Laura. Leur rire va meubler l'appartement, c'est ce dont elle a besoin après ces derniers jours. Alors, pour ne pas casser cette ambiance bon enfant, elle ne leur relate pas ses échanges avec son frère et Rosie, il y aura un jour plus opportun pour cela.

Diane et Laura ne résistent pas devant les biscuits à la lavande ou ceux au caramel à la fleur de sel de Camargue. Une boisson chaude accompagne cette gourmandise, deux arômes différents s'échappent des tasses : une odeur de caféine et une infusion aux agrumes. Toutes trois cognent leurs récipients pour le retour de Fanny dont elles admirent le bronzage. Elles croquent ces douceurs gustatives dont chacune pourra ramener sa boîte métallique. Après avoir avalé une quantité de sucre raisonnable, l'hôtesse propose de visionner les images de son séjour en posant l'ordinateur sur la table. Pendant le défilement, elle ne peut résister à faire la commentatrice.

— Ces taureaux et ces chevaux vivent librement sur les terres privées du gîte. Ici, c'est un étang où se posent des flamants, des cygnes et toutes sortes d'oiseaux. Là, c'est pendant la descente du fleuve, il y a une faune incroyable, raconte-t-elle.

— C'est la fameuse balade en bateau avec ce Marc, rappelle Diane.

— Oui.

— Une visite privative avec un bon guide, rajoute Laura. Quelle chance !

— J'avoue que c'était le petit plus de ces vacances, s'amuse Fanny. Sans Rosie et Marc, je n'aurais pas pu découvrir la Camargue sous cet angle.

Puis, elle développe ces vacances qui ont été de loin les meilleures depuis son célibat. Tout y passe : les villes dans lesquelles elle s'est rendue, les endroits où la nature est complètement libre, les activités auxquelles elle s'est adonnée, et pour finir la dernière soirée passée en compagnie des Camarguais.

— On a fini la soirée avec la liqueur.

— Toi, tu as bu de la liqueur ?

— Oui ! Croyez-moi, ça déboucherait une tuyauterie.

— Tu as dû rentrer sur les rotules, plaisante Laura.

— Marc a été mon chauffeur.

— Non ! Raconte ! s'excitent les deux amies.

— Il m'a raccompagnée, c'est tout.

— Tu étais si cuite que tu ne te souviens de rien ?

Amusée, Laura donne un coup de coude à Diane, et Fanny en rit.

— N'importe quoi. En fait, c'était plutôt embarrassant, je ne sais pas, peut-être le fait de se retrouver tous les deux dans cette voiture, sur une route en pleine nuit.

— Il t'a draguée? demande la première amie.

— Non, très gentleman.

— Il te plaît, j'en suis sûre! parie la seconde.

Fanny regarde Diane et Laura à tour de rôle avec un sourire en coin.

— Je vous avouerais que j'étais à deux doigts...

— De l'embrasser? la coupent-elles.

— Eh ben, je me suis défilée.

— Dommage, ça commençait à être intéressant.

Déçues par cet acte «foireux», les deux femmes voient leur emballement s'évanouir tel un soufflé retombant instantanément.

— Mais mon séjour l'a été sans cet acte, je vous assure.

En disant cela, elle fait une allusion à ce qu'elle sait depuis peu sur son père, tandis que les deux autres spéculent sur sa rencontre avec Marc.

— En attendant, ce que nous remarquons, c'est que tu nous es revenue plus rayonnante que jamais, et mon petit doigt me dit que ce type y est pour beaucoup, note Diane.

— Marc? Non, objecte-t-elle.

— En tout cas, il t'a fait une sacrée impression, complète l'autre. La dernière fois que l'on s'est eues au téléphone, tu semblais être envoûtée quand tu le décrivais avec ses yeux marron-vert, sa voix grave qui rassure et enveloppe.

— Vous vous égarez, les filles. Je vous rappelle qu'il a la soixantaine, on a seize ans d'écart.

— Et alors? J'en ai bien quatorze avec Pierre, dit naturellement Diane.

— Elle marque un point, confirme Laura. Apparemment, cette différence ne te freinait pas l'autre soir, puisque tu étais prête à l'embrasser.

— Je n'étais pas moi-même. Je venais d'avaler un alcool à quarante degrés.

Elle prétexte une légère ivresse pour justifier ce désir, ce qui ne convainc pas les autres.

14

La nuit a été agitée dans le Vaucluse avec les premiers orages d'été. Jusqu'à présent, la chaleur était étouffante en journée, guère de différence en soirée car la tiédeur, emmagasinée sur le bitume et dans les terres, se diffusait toute la nuit. Pour supporter cette canicule, nombre d'habitations se sont équipées de climatiseurs. Au fil des ans, ces installations fixées en façade alimentent de plus en plus de foyers. Cette pluie bénie a donné un coup de fouet à la nature qui s'asphyxiait jusque-là ; la végétation semble avoir doublé de volume, le sol était si sec qu'il a absorbé complètement cette eau tombée du ciel.

Bien qu'elle ait repris le chemin du travail, la jeune femme ne peut se séparer de cette nostalgie de la Camargue qui rongeait son père, et pour pallier le manque, il s'évadait à travers ses vieilles photographies. Jusqu'au jour où elles ne lui ont plus suffi, et où il avait décidé de se rendre directement là-bas une journée en toute discrétion. Un acte accompli avec détermination et courage face à la sévérité de son épouse qui le condamnait à oublier cet endroit.

Si elle ou son frère avaient pu percevoir ne serait-ce que le plus petit signe d'un mal-être, ils auraient doublement enveloppé leur père d'amour. Aujourd'hui, Fanny doit vivre avec cette impression de s'être littéralement plantée auprès de ce père aimant et aimé. Sans conteste, Michel était apprécié au vu des nombreuses marques de sympathie qui ont afflué lors de son décès.

La jeune femme allégerait volontiers ce sentiment amer auprès de Diane et Laura, pour autant, elle appréhende un tant soit peu leur regard sur le couple Aubert. Et puis, veut-elle se risquer à écorcher l'image familiale dans laquelle ses deux amies voyaient une famille heureuse ? Un couple amoureux aux salaires confortables, élevant deux enfants modèles dans une grande maison avec une belle piscine ; s'offrant des vacances d'hiver en montagne et d'été au bord de l'océan Atlantique, ou bien des voyages en Europe et ailleurs ; organisant des barbecues en invitant leurs amis tout aussi aisés financièrement. En bref, une famille remarquable. Pas si parfaite que cela aux yeux de Fanny, puisque derrière les murs de la bâtisse la réalité était tout autre. Les hommes se cachent-ils pour pleurer ? Imaginer son père se réfugiant dans un recoin avec les yeux humides la trouble davantage.

Elle éprouve le besoin de crever cet abcès qui lui noue l'estomac, se libérer de cette douleur auprès de quelqu'un. À cet instant précis, une personne en particulier lui vient à l'esprit, celle qui comprendrait sa rancœur et qui ne condamnerait pas Michel : Rosie.

Elle avait enregistré le numéro de téléphone de celle-ci, quand la sexagénaire l'avait contactée après son mot glissé dans la boîte aux lettres. Elle la sélectionne dans ses contacts, et hésite un instant à envoyer l'appel. Le smartphone en veille s'éteint après quelques secondes. « Par quoi je vais commencer ? se demande-t-elle. Comment allez-vous ? Ou bien, est-ce que vous voudriez bien être ma psy pour quelques minutes ? T'es nulle, Fanny ! » se critique-t-elle. Assise en travers de son fauteuil, les jambes ballantes sur l'accoudoir, elle rallume l'appareil et valide l'appel.

Dès qu'elle entend la sonnerie dans l'écouteur, les battements du cœur de Fanny s'accélèrent ainsi que le mouvement de ses pieds se balançant simultanément dans le vide. Cela fait quelques jours qu'elle a songé à appeler Rosie, puis, s'est rétractée. Elle ne sait se l'expliquer mais la Camargue hante encore son esprit, ce lieu la captive tel un champ magnétique qui attire tous les matériaux, tout autant qu'il a envoûté son père venu la première fois en Mobylette. Pourtant, cela fait plus d'un mois qu'elle s'est éloignée des Terres du Sauvage, mais elle est tombée amoureuse de cette nature restée intacte où dans le paysage se glissent discrètement Rosie et Marc.

Soudain, une voix remplace la sonnerie dans l'écouteur et surprend Fanny.

— Allô ?

Aussitôt, la jeune femme s'assoit plus correctement dans le canapé, comme au temps où sa mère lui passait derrière.

— Bonjour, Rosie, c'est Fanny, répond-elle posément.

— Fanny ! s'enjoue-t-elle. Comme ça me fait plaisir. J'avais prévu de vous appeler, j'ai gardé votre petit papier, et puis, j'ai pensé, à tort ou à raison, que vous ne vouliez plus m'entendre après notre entrevue.

— Je dois reconnaître que vos propos m'ont un peu perturbée, mais vous m'aviez avertie des retombées. Donc, vous n'avez pas à culpabiliser, je vous ai contrainte à me parler.

— Vous allez bien ?

— On fait aller. Et vous ?

— Aussi.

Rosie serait tentée de connaître la réaction de Béatrice sur sa conversation avec sa fille. Après réflexion, elle se dit que le sujet doit être abordé uniquement par la jeune femme, et non elle.

— Je vous avouerais, Rosie, que votre voix me fait du bien, j'ai l'impression de n'avoir pas quitté les cabanons.

— Faut revenir.

— J'y compte bien. Et comment va votre voisin, Marc ? ose-t-elle demander sur un ton se voulant décontracté.

— Très bien. En ce moment, il bosse quelques heures aux gîtes où vous dormiez. Jean, le propriétaire des terres, avait besoin d'aide pour labourer. Vous voyez, quand il n'est pas sur l'eau, il est dans les terres.

— En fait, il s'éclate tout aussi bien sur un bateau que sur un tracteur.

— Tout à fait, rit Rosie. Il va être ravi d'apprendre qu'on a discuté ensemble et que vous prenez de ses nouvelles.

— Ah bon ?

— Le jour de votre départ, je m'en voulais de vous avoir choquée, et ma contrariété n'a pas échappé à Marc. Eh ben, croyez-moi ou pas, il ne se passe pas une semaine sans qu'il ne me rappelle de vous passer un coup de fil, encore pas plus tard qu'il y a trois jours, rit-elle.

— Il est tenace, s'amuse Fanny.

— Oui. Maintenant, je vais pouvoir lui dire de penser à autre chose.

— Eh ben, vous le saluerez de ma part.

— Je n'y manquerai pas, ça lui fera énormément plaisir.

Fanny est heureuse d'entendre cette voix spontanée, joviale qui l'a accompagnée durant ces huit jours de congé. Toutefois, le regard perdu en direction de la fenêtre, elle sèche une larme incontrôlée glissant sur sa joue avec la paume de sa main. Cette mélancolie s'invite à n'importe quel moment, que ce soit au domicile ou en privé sur le lieu de travail. De son côté, la Camarguaise s'étonne de ce calme sonore, aussi embraie-t-elle :

— Je n'hésiterai plus à vous téléphoner, Fanny.

— J'espère bien, répond-elle avec une voix plaintive.

Ce changement de ton ne passe pas inaperçu pour Rosie.

— Vous allez bien, Fanny ?

— Non, lâche-t-elle franchement. J'ai terriblement mal à l'estomac. Si, pour le moment, je ne me sens pas prête à en discuter avec mes amies, j'ai vraiment envie de le faire avec vous.

Soucieuse, Rosie parie que la jeune femme a fait part de leur moment de discussion à Béatrice. Cette dernière a dû réagir durement et blesser moralement sa fille, d'où cette douleur au ventre. Béatrice est douée pour enrober la vérité et faire des reproches, rabaisser une personne est sa spécialité. Nombre de fois, Rosie a vu apparaître ces mêmes maux chez Michel, avant qu'il ne déménage dans le Vaucluse. Des souffrances ventrales qui ont pris naissance dès qu'il a épousé cette femme. L'interlocutrice ne serait pas surprise que cette mère agisse de même avec sa fille.

— Vous avez bien fait de m'appeler. Je suppose que Béatrice a été contrariée.

— Ma mère ?

— Oui. Elle n'a pas dû apprécier que je vous parle de Michel et d'elle.

— Elle ne sait rien de tout ça. Pour l'instant, j'ai décidé de ne pas la mettre au parfum.

— C'est peut-être mieux ainsi.

— La seule personne que j'ai mise au courant est mon frère. Il a reçu un bon coup de bâton sur le crâne, exactement le même que j'ai ressenti lorsque je suis sortie de chez vous. Il n'y a cru qu'à moitié. Cependant, lorsque je lui ai rapporté des détails sur certains évènements qui semblaient jusque-là anodins, soudain, ils nous ont paru différents. J'ai fondu comme une Madeleine contrairement à lui qui gère mieux ses émotions.

— C'est un mec.

— J'essaie d'afficher que je vais bien, de reprendre le quotidien après tout ça, mais...

— C'est compliqué, termine Rosie.

— Très compliqué. J'ai envie de vomir en pensant que derrière le sourire qu'affichait mon père se cachait en fait une larme. J'ai un mal fou à me débarrasser de cette image.

— Je comprends votre émotion pour l'avoir ressentie.

— Comment avez-vous réussi à dépasser cela ? Qu'est-ce qui vous a aidée à aller de l'avant ?

— Le temps, Fanny, tout simplement. C'est lui qui soigne les maux.

— Combien ? Des semaines, des mois, des années ?

— Faut un certain délai pour admettre certaines choses.

— Je crains de ne pas être suffisamment patiente. Je me dis que j'aurais dû voir le malaise chez lui, j'aurais pu l'aider, j'aurais pu agir.

Sa voix s'étouffe dans un sanglot.

— Vous n'y êtes pour rien, ni votre frère, ni personne. Tous les « j'aurais dû », « j'aurais pu », je les ai dits aussi. Il ne faut surtout pas vous culpabiliser, ni regretter quoi que ce soit. Vous avez aimé très fort Michel, cela lui a été d'une aide précieuse, ses enfants étaient sa force. À présent, laissez le temps faire son travail et croyez-moi, ça va passer. Faites-moi confiance.

— J'ai confiance en vous, tout comme mon père avant moi.

Extrêmement touchée, Rosie a la gorge qui se serre et les yeux qui s'embuent.

— Au fait, j'ai décidé de remettre sur pied la plate-forme du vieux Fernand, lance-t-elle pour cacher son émotion.

— C'est cool, s'apaise Fanny. C'est une bonne décision, Rosie.

— J'ai déjà commencé à nettoyer toute la végétation autour, ensuite ce sera la construction du ponton.

— Je suppose que Marc va y contribuer.

— Il y tient ! Une fois terminé, j'y installerai un bain de soleil et le rondin de bois qui me sert de tabouret aujourd'hui fera office de table basse.

— Ce sera un endroit très agréable sous le grand arbre.

— Oh oui ! Je vais égayer mon petit coin de paradis. Il y aura des pots de citronnelle ou autre chose, je verrai bien. J'espère que vous viendrez voir cette rénovation ?

— Je vous le promets.

— Ah oui ! Il y a une chose qui me ferait très plaisir, c'est qu'on arrête avec le vouvoiement.

— Si vous voulez.

— Ça commence mal, rit-elle.

— C'est vrai. Alors, si tu veux.

— Parfait ! Alors, je t'avertirai dès que le ponton sera terminé.

— J'ai hâte de voir ça.

Après avoir raccroché, Fanny se sent plus légère. Sa discussion avec sa nouvelle amie lui a pleinement mis du baume au cœur. Fanny imagine la deuxième vie de ce ponton, celui-ci, en partie démoli, va pouvoir renaître de ses planches et se rendre à nouveau utile. Sur ce plancher, la

Camarguaise et Michel ont passé de bons et longs moments sous le grand arbre de quinze mètres de haut offrant gracieusement sa belle ombre. Il a été le témoin de leurs confidences, de leurs parties de pêche, voire parfois de leurs soirées alcoolisées. Durant ces moments, le résineux a été tel un ecclésiastique écoutant ses fidèles tout en conservant le silence.

*

Vers vingt heures ce même jour, la jeune femme a la surprise d'avoir un appel de sa mère.

— Dieu merci, je n'ai pas à parler à une messagerie, lance Béatrice ironiquement.

— Bonjour, mère.

Fanny reste posée, il est exclu que sa soirée soit bousillée par des réflexions de sa mère.

— Je souhaiterais te voir avec ton frère, ce week-end. Je viens de le joindre et il est disponible.

— Il se passe quoi ?

— J'ai tout simplement besoin de vous informer d'une chose importante, c'est tout.

— Et laquelle ?

— Tout comme j'ai répondu à Laurent, vous verrez lorsque vous serez là.

— C'est une mauvaise nouvelle ? Est-ce que tu es malade ? redoute-t-elle.

— Faut-il l'être pour voir ses enfants ?

— Bien sûr que non...

— Alors cesse de tout dramatiser. Je vous attends samedi à quatorze heures, soyez ponctuels.

Après quelques mots de bon usage, Béatrice raccroche. Un court appel qui interroge Fanny. Quelle est cette chose importante ? Déjà, il n'est pas question de maladie, ce qui est rassurant. Serait-ce le mas ? Aurait-elle décidé de le vendre ? Ou bien est-ce son travail de conseillère municipale ? Que ce soit personnel ou professionnel, Fanny n'a aucune idée de ce que cela peut être. De toute façon, elle a beau essayer de se poser mille et une questions, il va lui falloir patienter trois jours avant d'avoir les réponses.

Après l'appel de Béatrice, la jeune femme se plonge dans l'album de son père, qui n'est plus remisé au fond d'une boîte mais sur l'étagère avec les romans. Ainsi, dès que l'envie est là, elle n'a plus qu'à tendre le bras pour feuilleter ces vieilles et magnifiques photos. Ce qui l'embarque, c'est de revoir cette Camargue et la respirer à travers les pages usées de l'album, ou avec ses récents clichés numériques. L'envie de repartir là-bas se répand en elle. La minute suivante, elle réalise qu'elle va devoir patienter jusqu'à la prochaine saison estivale pour s'y rendre. Avant, ce sont de longues semaines professionnelles qui l'attendent, bien qu'elle manque de motivation depuis des mois, elle y est tout de même assidue et ponctuelle.

La société de quincaillerie professionnelle qui l'emploie est une chaîne d'outillage, visserie, et autres équipements de chantier. Passée sous un logo national, il y a un an, toute l'organisation de l'entreprise a été revisitée ; le mot d'ordre est rentabilité et encore rentabilité. Une politique et un style de travail qui ne sont plus du goût de cette jeune cadre à la fonction de responsable financière, un poste auquel elle a accédé après un départ en retraite deux ans auparavant.

Jusqu'à présent, elle s'épanouissait sous ce statut, gérant avec sympathie une équipe de quatre collaboratrices entre quarante et soixante ans. Seulement, l'ambiance familiale qui régnait a disparu et l'enthousiasme des salariés aussi.

15

Sur la route qui la mène chez sa mère, Fanny se demande ce qu'elle va entendre avec Laurent de si important. Après avoir dépassé le portail automatique, activé par la maîtresse de maison, elle constate être la première arrivée. Alors que la fermeture du portique s'enclenche, soudain, un SUV entre dans la propriété.

— Ah, te voilà! souffle-t-elle en le regardant sortir du véhicule.

— On ne plaisante pas avec l'heure, tu sais bien.

— Vous comptez discuter dehors? lance rudement Béatrice depuis le pas de la porte.

— On arrive! répond le fils en levant la main.

— Manquait plus qu'on soit en retard, imagine l'accueil qu'on aurait eu, chuchote Fanny.

— Elle m'a l'air en forme.

— Ça promet.

— Tu préfères que je passe devant? se moque-t-il.

— Que t'es con!

Elle lui passe devant en lui donnant un coup d'épaule gentiment.

C'est dans le salon que Béatrice les invite à s'asseoir. Elle est coquettement habillée d'un tailleur d'été jupe bleu saphir avec un chemisier crème, escarpins noirs aux talons épais, maquillage léger sur les yeux, une bouche soulignée de rouge et un carré parfait.

— Tu es ravissante, mère, la complimente Laurent.

— Merci mon grand. Avant de commencer, quelqu'un veut un café ? propose Béatrice, toujours debout.

— Volontiers, acceptent-ils en même temps.

Après qu'elle a rejoint la cuisine, Fanny fait remarquer à voix basse :

— On est moins bien sapés qu'elle.

— Parle pour toi, plaisante-t-il.

Laurent est vêtu d'un jean foncé et d'un polo kaki clair, tout comme sa sœur qui porte un denim plus clair et un tee-shirt noir col V.

Trois tasses fumantes en porcelaine de Limoges arrivent sur un plateau de verre. Tandis que Laurent tourne inlassablement son café avec sa petite cuillère, le son agace Béatrice.

— Quand tu auras fini avec ce bruit, je pourrai éventuellement commencer, lui dit-elle.

— Oh ! Pardon, se reprend-il aussitôt.

— Merci.

Une introduction qui fait sourire Fanny devant l'air affligé de son frère. Jambes croisées, les mains serrées entre elles, un dos bien droit, Béatrice se lance telle une femme d'affaires devant une assemblée :

— Vous devez vous demander la raison de votre venue ?

— Tout à fait, répond le benjamin.

— Je ne vais pas tourner autour du pot, vous n'avez pas toute l'après-midi et moi non plus car j'ai un rendez-vous vers quinze heures trente.

— Avec la municipalité ? Un samedi ? s'étonne Fanny.

— Je n'ai pas dit que c'était professionnel, souligne-t-elle. Bref, là n'est pas le sujet. Je voulais vous faire part d'une décision que j'ai prise. J'ai décidé de déménager dans le Morbihan près de chez Maguy.

— Tu veux partir là-bas ? s'estomaque l'un. Cela veut dire vendre la maison !

Silencieuse, Fanny fixe sa mère avec de grands yeux.

— Il le faut, je ne peux assurer deux toits. Votre vie est établie depuis longtemps et vous n'avez plus besoin de moi.

— Là n'est pas le problème, poursuit son fils. Tu n'as pas choisi la proximité, ne serait-ce pour voir tes petites-filles.

— Elles sont plus attachées à tes beaux-parents, raille-t-elle. Cela dit, vous pouvez toujours venir sur la côte Atlantique, et puis avec les moyens de communication qui existent aujourd'hui, le contact ne sera pas perdu.

Complètement stupéfié devant un tel discours, Laurent continue :

— Tu es sûre de vouloir te retrouver seule là-bas ?

— Je ne serai pas seule puisqu'il y a Maguy. Et puis, ma décision est prise.

Face à cette détermination, sa fille reprend le flambeau :

— Et s'il t'arrivait quelque chose ?

— Que veux-tu qu'il m'arrive ? se moque sa mère.

— Sans vouloir t'offusquer, Maguy et toi n'avez plus vingt ans.

— Tu ne peux pas t'empêcher de me rappeler mon âge, c'est horripilant à la fin.

— Qu'est-ce que tu vas foutre là-bas ? refuse de comprendre Fanny. Pourquoi ne pas continuer à y aller de temps à autre comme tu l'as toujours fait ?

— Parce que je ne veux plus rester ici, c'est aussi simple que ça.

Les deux jeunes sont troublés par ce désir soudain de leur mère.

— Je conçois que mon départ vous choque, mais vous devez accepter que j'aie une vie aussi.

— D'accord, mais tu t'en vas à plus de mille kilomètres, tu y as bien réfléchi ? l'en décourage sa fille.

— Je reconnais qu'il y a de la distance, mais on s'adaptera. J'aime cette région et ses îles avec ses cabanes où l'on peut déguster des huîtres.

— Ah ! Les cabanes, répète-t-elle avec un sourire mauvais. Papa aussi était attiré par un cabanon en Camargue que tu lui as refusé, lui rappelle-t-elle.

— Fanny, non ! la stoppe son frère.

Vexée, c'est avec un regard sombre que Béatrice renvoie :

— C'est complètement différent, c'est comme comparer un hôtel de luxe avec un gîte de brousse.

Alors qu'elle s'apprête à répondre, son frère lui pose une main sur son épaule pour l'en dissuader et éviter ainsi toute tension entre elles.

— Et ton job de conseillère à la municipalité ? détourne-t-il ainsi la conversation.

— J'ai toute la considération de la mairie. Quoi qu'il en soit, ta sœur m'a suffisamment rebattu les oreilles pour que je prenne ma retraite, allez-vous me le reprocher maintenant ?

— Bien sûr que non, tu as parfaitement le droit de quitter cette maison, accorde-t-il.

Une réponse qui détend Béatrice devenue radieuse.

— Et pour tout ce que tu possèdes, ici, comment tu vas faire ?

— Tout le mobilier sera vendu, mon grand. À moins que vous ne vouliez l'un et l'autre récupérer quelques meubles ?

— Je ne sais pas, j'en discuterai avec Anne.

— Pour ma part, je ne veux rien, à part l'appareil photo de papa, si cela ne gêne personne.

Avec l'accord de son frère et de sa mère, elle hérite du Reflex noir numérique qu'elle devra venir chercher dans quelques jours.

— On dirait que cela ne te fait rien de laisser tout ça derrière toi, exprime Fanny.

— J'ai la faculté de dépasser tout ça. Tu devrais travailler là-dessus, cela t'aiderait, assure Béatrice.

— Est-ce que ton rendez-vous, tout à l'heure, est une agence immobilière ? soupçonne la jeune femme.

— Tout à fait ! L'agence Devaux, réputée sérieuse.

La personne citée par Béatrice est un conseiller immobilier depuis une trentaine d'années. Au début de son activité, il gérait des biens de petite valeur ; à mesure de son évolution, il sélectionnait les propriétés de grand standing. C'est ainsi que dans la région du Ventoux, sa société est devenue prisée pour des futurs acquéreurs au portefeuille garni.

— Pour être honnête, il ne vient pas tout seul. J'ai déjà une première visite pour l'achat.

— Quoi ? s'étonnent ensemble le frère et la sœur.

— Mais depuis quand tu l'as mise en vente ? demande, outré, Laurent.

— Ce n'est pas important.

— Tu agis dans l'ombre et tu dis que ce n'est pas important ? Il y a autre chose que tu aimerais nous balancer, au point où on en est ? As-tu déjà trouvé un toit en Bretagne ? demande rudement sa fille.

— Comment oses-tu me parler ainsi ? se fâche Béatrice. Pour ta gouverne, je n'ai rien d'autre à vous « balancer » comme tu dis.

— Je suis d'accord avec Fanny, la défend son frère. La rapidité avec laquelle tu as entrepris les choses est surprenante.

— Choquante, rectifie la sœur.

Béatrice passe son regard de son fils à sa fille, puis leur fait un petit rappel à l'ordre :

— Que cela soit clair, mes chers enfants, peu importe ce qui se passe dans ma vie, je n'ai besoin de l'autorisation de personne pour prendre des décisions. D'accord ?

Alors que Fanny consent avec un salut militaire, Laurent met un terme à cette discussion.

— Eh ben, je pense qu'on en a terminé. Je suppose que notre présence n'est pas utile pour ton rendez-vous de quinze heures trente, dit-il.

— Pas vraiment, mais vous pouvez y assister si cela vous chante.

Les jeunes refusent et quittent leur mère sur-le-champ.

Devant leurs véhicules, Fanny demande une précision à son frère :

— Pourquoi m'avoir arrêtée en plein élan sur papa ?

— Cela n'aurait servi à rien, crois-moi. Elle se fiche royalement de ce que nous pouvons ressentir et de ce que nous avons à lui dire.

Laurent s'engouffre dans sa voiture et abaisse la vitre pour ajouter :

— Écoute, elle veut bâtir une nouvelle vie ailleurs, après tout qu'elle y aille.

— Sa désinvolture est écœurante.

— Je sais.

Il fait gronder le moteur de son SUV et fait crisser les pneus sur les gravillons en dépassant le portail, ouvert à son passage grâce à un système de boucle métallique encastrée dans le sol. Puis, c'est au tour de la citadine de Fanny de quitter les lieux.

*

Le surlendemain, la jeune femme retourne chez sa mère pour récupérer la sacoche contenant le Reflex noir numérique doté de vingt millions de pixels avec son objectif supplémentaire. Ce jour-là, elle avertit l'hôtesse qu'elle ne s'attarde pas car une dégustation de crêpes l'attend avec ses amies. Avant de fuir comme une voleuse, elle discute un court instant avec Béatrice qui la renseigne des suites de son rendez-vous avec l'agence et l'acquéreur potentiel. La visite s'est bien passée puisqu'il semblerait qu'une proposition soit en cours, qu'à partir de là, un compromis en découlerait et la propriétaire aurait trois mois pour rendre les clés. Fanny l'écoute sans réellement y prendre plaisir, car elle n'a pas totalement digéré leur entrevue d'avant-hier qui a plutôt semé un trouble. Après ce bref échange, elle file dans la pièce à côté, sur l'indication de sa mère, prendre l'objet pour lequel elle est venue. Alors que la jeune femme est encore dans le salon, Béatrice reçoit un appel téléphonique et s'éloigne en parlant d'une voix feutrée. Fanny, qui n'entend que des messes basses, observe furtivement celle qui semble faire du charme avec son portable. Elle est éberluée de voir sa mère en mode séduction, certaine que ce n'est pas Maguy au téléphone, ni toute autre personne de la mairie. Mais alors, à qui veut plaire Béatrice ? En pivotant sur elle-même, la charmeuse s'aperçoit d'un regard espion. Elle raccroche aussitôt tout en s'excusant auprès de son interlocuteur.

— Tu m'épies, maintenant ? s'irrite-t-elle.

— C'est involontaire. Tu parlais avec qui ?

— Quelqu'un.

— Je m'en doute bien.

— Je vois que tu as pris la sacoche, dit Béatrice, changeant de sujet.

— Oui. Sérieux, c'était un mec ? demande-t-elle calmement.

— Un mec, quel mot vulgaire !

— Je reformule, était-ce une personne de la gent masculine ?

— Tes sarcasmes sont ridicules, Fanny. Tes amies t'attendent, je crois ! s'agace-t-elle.

— Ne t'inquiète pas pour ça. Depuis quand, maman ? suspecte-t-elle.

— Quand quoi ? se lasse-t-elle.

— Ce quelqu'un.

— Cela devient grotesque, tu vas finir par être en retard chez Diane.

— Et je vais l'être un peu plus si tu ne me réponds pas franchement.

— Depuis quand te mêles-tu de ma vie privée, demoiselle ?

— J'ai compris. En fait, c'est limpide.

La goutte qui fait déborder le vase de Fanny. À partir de là, elle lui déverse ce qu'elle a sur le cœur depuis son retour de vacances. Elle dit la regarder différemment après avoir reconsidéré certaines situations familiales qui lui semblaient banales dans ses jeunes années. Spontanément, le ton monte d'un cran quand elle reproche à sa mère d'avoir exercé un jeu de manipulation et de mensonges envers son mari et ses enfants. Elle exprime ses regrets de n'avoir rien compris à ces attitudes vues sans mal jusqu'à aujourd'hui. Les phrases s'enchaînent sans que Béatrice réagisse, une attitude très inattendue de sa part, car généralement elle explose à la moindre contrariété. Elle semble même pressée d'en finir avec sa fille.

— Quelle épouse, quelle mère est-on pour agir de la sorte ? termine avec dégoût Fanny.

Fière et hautaine, Béatrice reste étonnamment calme :

— Tu as terminé ? Donc, si j'ai bien tout saisi, parce que ma vie professionnelle est passée avant celle de ma famille, parce que je n'ai pas été l'épouse idéale ni la mère exemplaire, je dois me repentir ?

Fanny est stupéfaite du manque de regrets chez cette femme qui reconnaît avoir manqué à certains de ses devoirs.

— Je travaillais dur, je te rappelle, pour que votre père et vous ne manquiez de rien.

— Tu n'étais pas la seule à assumer le foyer, pour autant que je sache.

— Je travaillais beaucoup plus que ton père.

— Forcément, il s'occupait de nous.

— Qui d'autre ? Je n'allais pas foutre en l'air ma vie professionnelle en devenant mère. Je reconnais qu'il a superbement porté sa responsabilité de père.

— Rassure-moi, quand même, tu voulais porter la vie au moins ? doute Fanny qui aurait rêvé de cette expérience.

— Bien sûr... Juste une fois.

— Tu veux dire que Laurent n'était pas désiré ? se peine-t-elle.

Béatrice a un visage impassible en regardant droit dans les yeux sa fille quelques secondes.

— Pourquoi lui ? répond-elle.

Quel choc pour Fanny qui reste sans voix devant le

sous-entendu de sa mère. Elle comprend que cette dernière n'a pas souhaité sa première grossesse, par conséquent, elle !

— Il est l'heure pour toi d'y aller, lui rappelle sa mère avec froideur.

— De toute façon, je n'ai plus rien à faire ici, lance-t-elle avec répugnance.

Elle quitte cette maison en emportant la sacoche sans se retourner, sachant pertinemment que c'est la dernière fois qu'elle y met les pieds. En attendant l'ouverture complète du portail, elle contemple dans le rétroviseur la bâtisse entourée de cinq mille mètres carrés joliment arborés, où elle a grandi avec son frère sous le regard attendri de leur père.

*

Tout est prêt à être consommé sur la table : la confiture de fraises, la crème de marrons, la pâte à tartiner et les crêpes toutes chaudes qui ne demandent qu'à être dévorées, ainsi que le cidre dont la couleur jaune teinte les verres transparents. Diane et Laura voient la contrariété de leur amie au moment où elle franchit la porte, aussitôt, elles cherchent à savoir ce qui ne va pas. Après avoir bu, d'abord, un grand verre d'eau, cette dernière leur expose en détail ce qui vient de se produire chez sa mère, c'est le moment opportun pour leur dire qui est réellement Béatrice Aubert. Elle raconte de quelle manière cette épouse a manipulé psychologiquement son mari et l'a rapidement remplacé ; qu'elle a balayé son passé en deux temps, trois mouvements ; qu'elle a préparé minutieusement son éloignement en prenant tous les devants. Enfin, que cette mère a avoué à demi-mot avoir haï sa première grossesse. Les deux amies sont éberluées sur leur chaise, elles n'ont pas assez de mots pour apaiser Fanny. Devant tous ces propos, Diane et Laura se rendent compte que l'opinion qu'elles avaient à l'origine sur cette femme n'est plus aussi merveilleuse. Pendant son témoignage, Fanny a ressenti de la colère et de la tristesse, de l'incompréhension et de la culpabilité. Une palette d'émotions aussi éprouvantes les unes que les autres l'obligeant à engloutir une première crêpe à la pâte tartinée bio. Un geste gourmand reproduit par ses voisines, encore stupéfaites devant le comportement de Béatrice. Totalement distraite, Fanny badigeonne copieusement de chocolat une deuxième crêpe, puis une troisième. Les autres s'abstiennent de tout commentaire, favorisant l'action bienfaisante de cette fève de cacao reconnue comme puissant antidépresseur.

Tout en dégustant sa galette, Fanny regarde le manège des étourneaux et mésanges venus picorer dans une mangeoire, accrochée sur une branche basse par la propriétaire. À tour de rôle, chaque volatile pique dans les graines et s'enfuit aussitôt dans une cacophonie musicale. Ce spectacle procure chez Fanny un désir de fuite, repartir sur les Terres du Sauvage où elle se sent presque comme chez elle. Là-bas, elle oubliera cette dernière heure passée avec sa mère et fera complètement le vide de tout cela, y compris son boulot qui commence à polluer son existence. Une idée d'évasion en Camargue qui a mûri après un texto de Rosie, ce matin, qui avait joint une photo de la plate-forme où plusieurs planches avaient déjà disparu. Dans la foulée, sans fixer de date, la jeune femme lui a exprimé sa hâte de venir voir la rénovation du ponton. Un plaisir multiplié en pensant revoir bientôt cette Camarguaise et Marc, deux personnes adorables qui l'avaient accueillie si gentiment. Elle apprécie leur simplicité et leur spontanéité, ces personnes ont été assurément une belle rencontre, la plus belle chose qu'il lui soit arrivée après la disparition de son père. Et particulièrement cet homme qui l'a subjuguée.

— Fanny, il est évident qu'il va te falloir du temps pour digérer cette histoire qui vient tout juste de se produire avec ta mère, dit Diane, il faut que tu prennes soin de toi maintenant.

— C'est clair, enchaîne Laura.

— Tu peux venir me voir à tout moment, ou bien Laura, et autant de fois que tu veux.

— Évidemment, certifie l'autre.

— Je sais et je vous remercie. Un jour, quelqu'un m'a dit que le temps soigne les maux, confie-t-elle entre deux bouchées.

— Cette personne a raison. Qui a dit ça ? demande Diane.

— Rosie.

— Eh ben, cette Camarguaise, que je ne connais pas, me plaît beaucoup.

— Moi aussi, renchérit sa voisine.

— Je lui ai promis de revenir aux cabanons. De toute façon, j'y serais retournée sans même avoir rencontré Rosie. Je ne l'aurais pas cru, mais la Camargue m'apaise, je me sens bien là-bas.

— Si cet endroit te fait du bien, vas-y, l'encourage Laura.

— Laura a raison.

Pour l'instant, Fanny ne sait ni quand ni combien de temps, mais elle est sûre qu'elle n'attendra pas dix mois pour s'y rendre. Puis, pour ne pas s'éterniser sur sa propre personne, elle passe le relais à Laura.

— Il me semble que tu avais dit avoir une annonce à nous faire, l'autre jour, se souvient-elle.

— Exact! Vu les circonstances, tu étais prioritaire.

Fanny lui envoie un baiser pour la remercier.

— Voilà, j'ai rencontré quelqu'un, dit Laura en refaisant le niveau des verres avec du cidre.

— C'est cool! dit l'une.

— Où l'as-tu rencontré? Au boulot? enchaîne l'autre.

Cela fait six mois que Laura poursuit une formation chez un fleuriste franchisé, une activité qui la passionne. L'emplacement de ce commerce est idéal voire stratégique sur la départementale, c'est la raison pour laquelle ce magasin de fleurs a rejoint un maraîcher, un tabac-presse, une boutique bio et une boulangerie de grande chaîne.

— Ne dis pas que c'est ton patron? se choquent ses deux amies.

— Pour qui vous me prenez? Je vous parle de mon voisin.

Les deux copines ont un soupir de soulagement. Elles craignaient que leur amie ne s'embarque dans une sombre histoire avec le gérant qui, de surcroît, est marié.

— Pardon, s'excuse Diane. Ton voisin, tu dis?

— Celui sur ton palier?

— C'est ça, Pascal. Je vous ai dit qu'il avait cinquante-trois ans?

— Oui, et même qu'il était célibataire, rajoute Fanny.

— Divorcé avec deux adolescents, rectifie Laura. On discutait quelquefois lorsqu'on se croisait, je le trouvais sympa sans plus. Et puis...

— Et puis tu l'as trouvé beaucoup plus sympa, se moque Diane.

— Pour être honnête, ça va faire trois mois qu'on sort ensemble.

— Et tu ne nous le dis que maintenant ? s'écrient à l'unisson les deux autres.

— Je voulais être sûre que ce ne soit pas une histoire sans lendemain.

— En même temps, cela ne fait que trois mois, dit Diane.

L'apprentie fleuriste fixe ses amies avec des yeux rieurs.

— Qu'est-ce qu'il y a ? s'intéresse Fanny.

— J'aime sa compagnie, et lui semble apprécier la mienne. Il est vraiment gentil. Je m'emballe peut-être, mais j'ai le sentiment que c'est le bon.

— La voilà amoureuse, conclut l'hôtesse en esquissant un sourire.

— Je crois bien, conçoit sans difficulté Fanny.

Elle aussi éprouve cette sensation de bien-être aux côtés de Marc. En réalité, elle ose imaginer qu'une pareille histoire peut naître avec celui qui a réveillé ses sentiments. Depuis ce mois d'août dernier, elle pense à cet homme, il n'est pas rare qu'il apparaisse jusque dans ses rêves. Des illusions nocturnes dans lesquelles ils rient, ils s'enlacent, ils s'embrassent, ils sont heureux d'être ensemble. Et si une nouvelle vie s'annonçait en Camargue ? Un frisson l'envahit en repensant à ces images. Finalement, tout comme son amie Laura, elle aussi est tombée amoureuse.

16

Cela fait un an que Michel n'est plus là, pourtant, il semble que c'était hier pour sa fille. Grâce à lui, la jeune femme a pu découvrir un lieu où les fêtes votives traditionnelles créent une ambiance en période estivale. Une distraction qui ne serait pas la Camargue sans ses costumes de gardians et d'Arlésiennes, sans ses bestiaux noirs comme l'ébène et ses chevaux à la robe blanche. Une région qui regorge d'une biodiversité animale et végétale très préservée qui en fait sa richesse. Huit mois se sont écoulés depuis que Fanny a passé ses premières vacances d'été là-bas. Cependant, son désir d'y retourner grandit de semaine en semaine, et croît davantage lorsqu'elle pense à son père. Lui qui a été contraint d'oublier cette belle nature, telle une condamnation à perpétuité prononcée par son épouse. Malgré cette lourde peine, Michel s'était accordé une permission, un jour de mai ; une liberté retrouvée dont il a savouré la journée.

Les regrets ne sont pas inscrits dans le vocabulaire de Béatrice, cette femme n'a aucun scrupule à blesser celui ou celle qui n'est pas en phase avec ses principes. Il semble également qu'elle ne ressente pas de douleur émotionnelle, puisqu'elle s'est séparée aisément de tout ce qu'elle avait pu construire avec Michel pour emménager dans le Morbihan, il y a cinq mois. Avec un tel comportement, une question se pose : cette veuve a-t-elle vraiment aimé son mari ? Toutefois, son attitude l'a par conséquent éloignée de ses enfants et plus particulièrement de sa fille. Le lien entre ces deux femmes a été mis entre parenthèses pour une durée indéterminée, une décision fondamentale pour Fanny. Possible que le temps apaise leurs tensions nées après de fortes révélations. Pour autant, si la jeune femme s'est remise doucement de l'absence de Michel, elle s'est rapidement adaptée à celle de Béatrice.

*

Queue-de-cheval, écouteurs aux oreilles reliés au smartphone, legging avec un tee-shirt près du corps, une paire de baskets *running*, Fanny se mélange aux autres joggeurs. Par petites foulées, elle avale les mètres sans difficulté. Un parcours qu'elle emprunte trois fois par semaine, chaque matin pendant une heure. Auparavant, elle foulait cette distance avec Alex, un partage quotidien très agréable avant que le rythme du coureur ne s'intensifie. En l'espace d'une minute, Fanny se demande ce qu'il est devenu depuis leur séparation. Elle avait eu de ses nouvelles *via* leurs amis communs qui jugeaient bon de lui apprendre les exploits du coureur. Se rendant compte que cela lui était égal, ces derniers se sont évaporés dans la nature. Après tout, Fanny se contrefiche d'Alex et de tous ceux qui l'ont délaissée sans la moindre explication.

Après s'être défoulée au sport, sa journée professionnelle peut démarrer bien qu'elle irait plutôt au travail à reculons. Elle a l'impression de passer à côté de quelque chose ces derniers temps, l'envie de postuler lui a traversé l'esprit. Peu importe, l'avenir qui se dessinera, mais quelle que soit sa décision, elle sera soutenue par son frère et Anne, ainsi que ses deux acolytes. Quant à sa mère... D'ailleurs, a-t-elle encore une mère à ce jour ?

*

Les mois passent si vite que Pâques est là. Fanny vient de passer un excellent dimanche chez Laurent. Elle a été invitée à déguster un gigot d'agneau entouré de ses petits légumes, préparé par sa belle-sœur, la tradition. Aidées de leur mère et leur tante, les petites nièces de quatre et deux ans s'en sont donné à cœur joie dans le jardin à fouiner au pied de l'olivier, dans les jardinières, ou près de la clôture. En peu de temps, les fillettes ont rempli leur petit panier en paille d'œufs en chocolat recouverts d'aluminium. Les deux femmes, qui les ont suivies de près, se sont diverties en observant l'émerveillement des gamines qui criaient de joie à chaque fois qu'elles en trouvaient un.

Une journée agréable agrémentée de divers sujets : travail, loisirs, projets, météo, tout y est passé. Fanny n'a pas caché ses désillusions dans l'entreprise de quincaillerie où son investissement au bureau décline sévèrement. Aussi, elle a expliqué vouloir faire un break avant de mettre fin à son expérience et son engouement professionnel. Malgré les bonnes intentions de son frère et sa belle-sœur de l'aider dans la distribution de son CV, la jeune femme a souhaité se donner du temps avant de s'investir ailleurs. Elle a reconnu que percevoir sa part sur la vente du mas n'a pas ralenti ce désir de prendre du recul. Pour que ce repli soit bénéfique, sa destination n'est autre que la Camargue qui, en quelque sorte, lui permettrait de réfléchir à son avenir professionnel. Là-dessus, elle a souligné à Laurent qu'il serait intéressant de programmer une escapade ensemble sur les Terres du Sauvage ; ce serait faire un clin d'œil à ce père qui s'était promis d'y revenir avec eux. C'est alors que sa belle-sœur a envisagé une virée avec les fillettes qui adoreraient aussi découvrir cette région. Une idée retenue qui se planifiera prochainement.

Si plusieurs sujets de conversation ont été évoqués, celui concernant Béatrice a été effacé. Cette dernière, installée sur la côte bretonne depuis novembre dernier, n'a donné que deux fois signe de vie : la première pour avertir de sa bonne arrivée, la seconde pour souhaiter de bonnes fêtes. Un appel qu'elle avait réservé à Laurent en lui recommandant d'en informer sa sœur, si toutefois cela l'intéressait. Un premier Noël sans parents qui n'a fait que resserrer les liens fraternels entre Fanny et Laurent. Pour les deux femmes, l'entente n'est plus ce qu'elle était à l'origine ; la cassure familiale a été inévitable depuis le jour où Fanny a récupéré l'appareil photo, une visite qui s'annonçait ordinaire, devenue catastrophique. Cet épisode houleux, elle l'a rapporté à son frère tout de suite après la dégustation de crêpes chez les filles. Ce dernier était déconcerté qu'un tel échange ait eu lieu entre une mère et sa fille. Il ne trouvait pas d'excuses à Béatrice, son manque de délicatesse était tout simplement révoltant, une conduite blessante et violente aux mots percutants qu'elle n'aurait pas dû prononcer.

Il est à peine dix-huit heures avec un soleil encore généreux lorsque Fanny est de retour de cette réunion familiale de Pâques. Elle est ravie que le nouveau doudou tout doux, rapporté l'an dernier des Saintes-Maries-de-la-Mer, plaise à ses petites nièces qui mangent flamants, jouent flamants, pensent flamants. Après s'être rafraîchie sous la douche, elle enfile une tenue hyper décontractée, tee-shirt et short en coton léger et se vautre dans le fauteuil. Pendant quelques minutes, elle examine les couples que forment Laurent avec Anne, Diane avec Pierre, Laura et Pascal, celle-ci toujours aussi amoureuse depuis maintenant neuf mois. Tous ont une vie sérieuse et rangée, hormis elle, encore et toujours célibataire s'approchant doucement de la cinquantaine. Malgré le fait qu'elle soit entourée et aimée par ces derniers, Fanny se sent seule : pas d'enfant, pas de compagnon, pas d'animal domestique, et bientôt plus de profession bien qu'elle se félicite de ce choix. Elle se penche vers la table basse et attrape son ordinateur car il est temps de bousculer un peu ce quotidien.

*

Le joli mois de juin démarre avec un beau temps et une température approchant trente degrés à l'ombre. La départementale, qui mène au golfe du littoral vers les Saintes-Maries-de-la-Mer, est largement empruntée notamment par des camping-caristes. La route est bordée de champs de riz entre autres, puis, de commerces saisonniers vantant les produits régionaux, d'encarts publicitaires d'hôtels-restaurants, de manades ou de safaris. En haute saison, certains juillettistes et aoûtiens empruntent la zone de Beauduc et Salin-de-Giraud pour leurs grandes plages ; mais le meilleur endroit pour pratiquer les sports de glisse, particulièrement pour le kitesurf, se trouve à Beauduc. Et puis, il y a ceux qui prennent la direction des Saintes-Maries-de-la-Mer pour flâner dans les ruelles pavées, ou notamment visiter l'église.

Le lendemain de son arrivée aux Saintes-Maries-de-la-Mer, la jeune femme emprunte la route étroite et goudronnée menant sur les Terres du Sauvage. En roulant à cinquante kilomètres à l'heure, vitesse conseillée sur cette voie, la conductrice abaisse sa vitre et stoppe sur le bas-côté pour voir ces imposantes bêtes noires. « Quel bonheur d'être ici ! » s'enchante-t-elle en reprenant la conduite.

Plus loin, elle aperçoit le panneau indiquant *Clos du Sauvage à 500 mètres*. Devant l'allée de pins maritimes, elle ose pénétrer dans la propriété au ralenti. Cette fois, pas de héron cendré s'envolant à son passage comme en août dernier, un vol auquel elle ne s'attendait pas et qui l'avait fait sursauter. En stoppant, elle constate que la roulotte rouge et verte n'a pas changé de place sur l'espace vert, et que l'énorme bâtisse blanche est aussi magnifique que la dernière fois. Un groupe prêt pour une randonnée à cheval passe devant elle, elle les salue en leur souhaitant une bonne promenade. Vêtu d'une chemise rayée et d'un jean délavé déjà bien poussiéreux, d'une paire de bottines d'équitation ayant bien vécu et d'un chapeau style cow-boy, le guide qui la croit égarée lui indique la direction de l'accueil.

— Pour être accueillie, l'entrée est là-bas.

— Je vous remercie, mais...

Sans attendre la fin de la phrase, le Camarguais fait un appel en claquant sa langue contre son palais pour démarrer la balade. Aussitôt, son cheval donne la cadence aux autres qui le suivent en file indienne.

*

Elle arrive aux cabanons et gare sa citadine sur la chaussée près de l'habitation de Rosie. Fanny ne l'a pas avertie de sa venue, elle voulait créer une vraie surprise et est impatiente de découvrir ce ponton restauré. En actionnant la fermeture automatique de sa voiture, elle sourit en imaginant le vieux Maurice derrière son rideau, bien qu'il ait revendiqué l'an dernier ne pas surveiller les allées et venues. Cependant, elle parie durement que le nonagénaire est en train de l'épier à cet instant précis. Avant de se présenter chez Rosie, elle promène son regard sur la maison voisine, celle de Marc. Elle se sent envahie de plaisir à la vue du 4x4, ce véhicule qui l'avait ramenée le dernier soir des vacances, celui dans lequel elle a failli embrasser le chauffeur. Un soupir s'échappe comme si elle s'en mordait les doigts. Devant le portillon de la Camarguaise, elle s'assure tout d'abord que son véhicule est présent, ensuite, elle jette un regard aux abords au cas où celle-ci jardinerait. L'extérieur est désert.

À deux reprises, elle indique sa présence par la sonnerie. Pensant peut-être que la propriétaire est allée sur la plate-forme, la jeune femme pousse jusque là-bas. Obligatoirement, elle passe sur le quai et constate que le bateau de Marc est bien amarré sans son capitaine. Plus elle s'approche du bout de la rive, plus deux voix s'élèvent, ce sont celles d'une femme et d'un homme. Fanny s'immobilise en écoutant ce ton rauque reconnaissable entre mille provenant de derrière le grand peuplier blanc qui abritait autrefois un ponton tout détruit. Fanny s'avance discrètement avec le cœur tambourinant. Devant la plate-forme, deux personnes repeignent les rambardes en planches en se tournant le dos.

— Bonjour, besoin d'aide ? lance Fanny avec un sourire large jusqu'aux oreilles.

— Oh ! Quelle surprise, Fanny ! crie de joie Rosie en balançant son rouleau au sol.

Aussitôt, elle serre la jeune femme avec les yeux embués.

— Ravi de vous revoir, demoiselle, s'exclame Marc.

— Ravie aussi, répond-elle par-dessus l'épaule de Rosie.

Une fois l'étreinte relâchée, la jeune femme se vante fièrement d'avoir réussi cette surprise.

— Je suis vraiment contente que tu sois là. Tu es venue en vacances ?

— Qui sont un peu plus longues que la dernière fois.

— C'est chouette !

Tandis que Rosie ramasse son rouleau, Marc enduit son pinceau et continue le travail en leur tournant le dos. Puis, Fanny s'intéresse à celui pour qui son cœur bat la chamade.

— Vous allez bien, Marc ?

— Très bien, répond-il en pivotant. Vous aussi ?

— Oui. Vous traitez la structure ?

— C'est de l'épicéa, bien que nous l'ayons fait au départ, on rajoute une couche d'huile de lin mélangée à un peu d'essence de térébenthine, c'est une bonne protection qui ne coûte pas très cher.

— Hier, c'est le plancher qui a eu droit à cet entretien naturel, explique Rosie en terminant son vernis.

— Est-ce que je peux prendre un pinceau pour vous aider ? propose-t-elle.

— Ça va aller, on a pratiquement terminé. Tu as loué au gîte ? demande Rosie.

— Non.

— Il était complet ?

— En fait, je me suis installée en ville.

— Aux Saintes ?

— Oui. L'appartement est provisoire jusqu'à ce que je trouve autre chose.

Subitement, les deux peintres s'immobilisent sans trop comprendre le sens de « autre chose ».

— C'est-à-dire ? demande Rosie en reposant son rouleau.

— J'habite ici pour le moment.

Marc pense aussitôt que la belle Fanny s'est établie en couple en Camargue.

— Avec un petit copain ? s'intéresse Rosie, la pensant accompagnée.

— Non. Je n'ai toujours pas trouvé chaussure à mon pied.

— Si je comprends bien, tu ne repars plus dans le Vaucluse ?

Fanny confirme en hochant la tête et intercepte la satisfaction qui se lit sur le visage de Marc. Est-ce parce qu'elle est nouvelle résidente ? Est-ce parce qu'elle est célibataire ? D'ailleurs, est-il lui aussi sans compagnie ? Une question qui demande à avoir une réponse qui viendra en temps voulu.

Excitée comme une puce, Rosie l'invite à manger.

— Tu restes pour nous raconter tout ça, on a prévu la grillade à midi, offre-t-elle en citant son voisin.

— Avec grand plaisir.

— En tout cas, c'est courageux de quitter sa région et seule en plus, la complimente Marc.

— Merci.

Le traitement de térébenthine terminé, il rassemble le matériel utilisé et en frôlant la jeune femme, il lui murmure en garantissant :

— Charmante comme vous êtes, vous trouverez sans aucun doute la pointure qu'il vous faut.

— Je ne désespère pas, répond-elle en le dévorant des yeux.

*

Entre deux rires et plaisanteries, durant près de deux heures, Fanny expose en détail ce changement de vie qui a mûri après le Nouvel An. Généralement, le premier jour de l'année est le début des bonnes résolutions, elle a pris la sienne en adressant un courrier recommandé à son employeur indiquant son retrait définitif de l'entreprise. Elle explique que la concrétisation de ce souhait s'est accélérée avec la vente du mas familial, et ses relations orageuses avec Béatrice, sans développer son départ sur la côte Atlantique. Un soir, elle a eu un déclenchement, quitter sa famille, ses amies, même son appartement. Après mûre réflexion, elle s'est mise à fond dans la recherche d'une location à long terme. Quand elle a trouvé, tout s'est précipité, tout s'est emboîté comme un jeu de cubes. Elle ne sait pas ce qui l'attend professionnellement, si son futur emploi se trouvera à Arles ou dans ses environs, peu importe. L'essentiel est que le premier pas ait été fait.

17

Juste après le café en fin de repas, Marc décide de prendre congé à la suite de l'appel reçu de Jean au Clos du Sauvage. Le propriétaire est ennuyé avec un tracteur qui refuse de démarrer, aussi l'aide de Marc est attendue comme le Messie. Fanny regarde partir cet homme de dos, regrettant qu'il les quitte.

— Lui non plus n'a pas trouvé chaussure à son pied, lance Rosie, remarquant le soupir de son invitée.

— Alors, nous formons un trio de célibataires, plaisante-t-elle.

— On peut dire ça. Personnellement, je n'ai pas besoin d'un homme qui m'enquiquine. Je suis très bien toute seule. En revanche, toi, tu es encore trop jeune pour finir vieille fille.

— Pas facile de trouver quelqu'un de sérieux. Je suis devenue peut-être trop exigeante après mon divorce.

— C'est comme l'homme qui vient de nous lâcher, il serait très heureux d'avoir une compagne.

— Pourquoi n'en a-t-il pas ?

— Il a eu une brève histoire, il y a deux ans environ. Et puis, il a tout stoppé.

— Pour quelle raison ?

— Tout simplement parce qu'il ne l'aimait pas. Il ne cherche pas quelqu'un pour un soir ni pour un mois. Faut savoir que Marc n'apprécie pas les faux-semblants, quand il aime, il se donne corps et âme.

— En somme, faire un long chemin avec la personne qui l'accompagnera. Je comprends tout à fait, c'est aussi ce que je pense d'une relation.

— Nouvelle ville, nouvelle rencontre. Et si celui que tu attends se trouvait en Camargue ?

— Qui sait, sourit-elle.

Rosie a un sourire malicieux, puis subtilement, glisse un indice :

— Je crois que vous possédez tous les deux la pointure qu'il vous manque.

Tandis que la sexagénaire lui adresse un clin d'œil, la jeune femme la regarde en silence, presque gênée.

— Tu as compris, quand ? lui demande-t-elle en esquissant un sourire.

— Le premier jour où tu es venue.

*

Dans l'après-midi, les deux femmes aménagent la terrasse en lattes en suspendant deux jardinières à chaque garde-corps, dans lesquelles ont été plantées des fleurs vivaces pour résister au climat salin. Les couleurs acidulées des balconnières, citron vert et fuchsia, avec celles des plantes, jaunes et roses, embellissent aussitôt les rambardes. Puis, Fanny et Rosie disposent deux transats face au fleuve, séparés par le rondin de bois sur lequel une face a été poncée et traitée avec un peu de térébenthine. Ainsi, ce billot naturel, utilisé auparavant comme siège, a été converti en table basse.

— C'est joli comme tout, complimente Fanny.

— Pas mal, j'en conviens, s'enchante Rosie. Ensuite, je déposerai un pot ou deux de citronnelle ou de menthe poivrée à l'entrée.

Elle désigne la passerelle qui relie la plate-forme à la rive. Cette liaison, solidement ancrée dans le sol et fixée à la surface en épicéa, est large comme une échelle. Pour autant, c'en est une en aluminium sur laquelle une planche, du même bois, a été vissée pour plus de stabilité.

— Sacré travail, chapeau Rosie.

— J'ai fait ce que j'ai pu, c'est plutôt Marc qui s'y est cogné. Il a fallu tout enlever, tout était pourri, sauf les piliers qu'on a pu conserver. Par chance, le père Fernand avait ancré des poteaux imputrescibles. Marc a été aidé par quelques collègues pour monter l'essentiel de la structure, il fallait plusieurs bras pour maintenir les planches d'un bout à l'autre. Sans mon ami et voisin, je n'aurais pas cela aujourd'hui.

— Tu vas pouvoir en profiter.

— Tout à fait ! Viens essayer le fauteuil, propose-t-elle en s'installant dans un transat.

Fanny s'exécute et pousse un « Ah ! » de plaisir en étirant ses jambes. C'est à l'ombre du peuplier qu'elle contemple derrière des lunettes opaques les reflets du soleil qui dansent sur le courant du fleuve.

Puis, Rosie tourne sa tête vers elle :

— Je ne t'ai pas demandé quel était ton poste avant que tu ne démissionnes.

— Responsable financière.

— Joli. Tu ne regrettes pas ?

— Pas du tout. D'autant que j'ai été soutenue dans ce choix, cela m'a donné encore plus de conviction.

— Tant mieux. Qu'en a pensé Béatrice ?

Fanny met ses lunettes en guise de serre-tête, puis regarde

sa voisine sous le bruit sonore des oiseaux se mélangeant au chant des cigales.

— Madame est en Bretagne.

— Elle est partie là-bas ? demande Rosie sans manifester de surprise.

— De toute façon, son départ était programmé depuis des mois. Je n'ai vu aucune tristesse en elle de devoir quitter ses enfants et ses petites-filles, d'autres auraient eu un minimum de nostalgie, pas elle. Même pas un soupçon de mélancolie, raconte-t-elle amèrement.

Rosie est muette. Que pourrait-elle bien dire ? Avec une femme telle que Béatrice, il faut être préparé à tout, même à l'abandon.

— De toute manière, s'éloigner de moi ne lui a fait ni chaud ni froid puisque ma naissance n'était pas désirée.

D'un bond, Rosie s'assied sur son transat.

— Quoi ? Pourquoi dis-tu ça ?

— Parce qu'elle me l'a fait comprendre.

— C'est ignoble de dire ça, se révolte Rosie.

— Ça ne l'a pas gênée, je t'assure. Mais ce n'est pas tant cela qui me blesse, c'est qu'un homme est entré dans sa vie plus tôt que je ne l'aurais cru.

— Elle te l'a dit ?

— Non. Mais au vu de son attitude, j'en suis sûre. Ce qui me blesse au plus haut point, c'est qu'elle ait pu avoir une relation intime tout fraîchement veuve.

— Je comprends ta blessure, mais tu ne peux rien contre ça.

La jeune vacancière remet ses lunettes sur son nez afin de cacher une montée de larmes.

— Vous êtes restées en contact quand même ?

— Notre relation est au point mort. C'est dur de dire ça, mais ma famille est composée uniquement des personnes qui m'ont aidée jusque-là.

— Je suis sincèrement navrée pour tout ça, Fanny. Sache que je suis aussi ton amie.

— Merci, Rosie.

Une boule se forme dans sa gorge, la jeune femme déglutit et inspire lentement avant de continuer :

— Tu te souviens de l'été dernier lorsque je t'ai obligée à me parler de mon père après avoir vu Maurice?

— Je m'en souviens très bien, tu croyais que j'étais la maîtresse de Michel.

— Tu m'avais prévenue qu'il était possible que mon quotidien change après cela. Ben, tu avais raison.

*

Rosie prédisait qu'en mettant au jour l'emprise de Béatrice sur Michel à leur fille, après sa lourde insistance, celle-ci serait bouleversée et verrait certainement les choses autrement. Un pronostic qui s'est vérifié. Pour autant, un fait réel n'a pas été dévoilé.

Revu cette matinée de mai, Michel avait confié à sa vieille amie avoir trompé son monde, même ses enfants. Qu'aux yeux de tous, il était un homme comblé tant dans sa vie personnelle que dans sa vie professionnelle. Ce jour-là, il avait salué la perspicacité de Rosie, qu'à cause de ce discernement, il avait volontairement coupé tout contact avec elle. Un acte qui l'avait brisé intérieurement. Bien qu'il fût loin de penser être devant Rosie une dernière fois, il avait tombé le masque. Il était épuisé du rôle de bonhomme heureux, et Rosie méritait d'en savoir davantage. Alors dans un élan courageux et parce qu'il lui faisait confiance, il avait avoué être victime de violences psychologiques.

Rosie détestait cette femme encore plus qu'avant. Les larmes roulaient sur ses joues, elle avait si mal pour lui qu'elle n'avait pas de mots. Elle avait juré qu'elle garderait précieusement cette confidence honteuse et dégradante pour lui. Un secret muré dans ses entrailles qui s'éteindrait avec elle.

*

Au fond de leur transat, les deux femmes contemplent le fleuve où quatre canoës orange descendent l'affluent. Dans chaque bateau, un homme et une femme font équipe et rament avec plus ou moins de compétences ; le duo de la première embarcation maîtrise parfaitement la pagaie et avance sans complication ; les autres bateaux suivent à quelques mètres avec plus ou moins d'harmonie. Dans l'un d'eux, le coéquipier se laisse porter par sa partenaire qui se retrouve seule à ramer. « On arrive bientôt ? » râle la rameuse. « C'est tout proche, ma chérie, continue », répond celui qui se trouve derrière elle, au repos avec une rame posée sur ses jambes.

Une mise en scène qui produit irrémédiablement un rire chez les deux femmes.

*

— Rosie n'est pas là ?

Fanny est surprise d'entendre cette voix sur le ponton. En se levant aussitôt du transat, elle fait face à Marc.

— Elle avait besoin de rentrer une minute, elle ne va pas tarder. Vous avez déjà réparé le tracteur ?

— C'était pas grand-chose.

— C'est chouette ce que vous avez fait sur ce ponton.

— Je suis content d'avoir fait ce plaisir à Rosie.

— Elle est enchantée, reconnaît-elle.

Si Marc ne paraît pas être pressé de repartir, Fanny semble vouloir entretenir la conversation. À quelques centimètres l'un de l'autre, la jeune femme sent tout vibrer en elle face à cet homme d'un mètre soixante-dix-huit. Elle est tout aussi éprise que la première fois qu'elle a vu ce sourire et entendu cette voix. Tout comme elle, Marc éprouve ce plaisir d'être seul avec elle, il ne cesse de la dévisager. Afin de le retenir, elle lui demande si des difficultés sont intervenues pour la création de cette plate-forme. Alors qu'il épilogue sur l'absence d'obstacles majeurs, elle l'embrasse sans retenue dans la seconde qui suit. Réalisant soudainement sa conduite, elle recule d'un pas en s'excusant platement.

— Pardon… Je n'aurais pas dû.

Très confuse, elle fuit son regard en cherchant un je-ne-sais-quoi sur le plancher. En silence, il s'avance vers elle, et de son index lui relève son menton tout en délicatesse.

— J'ai espéré ce moment, susurre-t-il.

Tandis qu'elle reste aimantée à ses pupilles, il reproduit ce baiser plus longuement, plus sensuellement. Elle se laisse emporter par ce plaisir sans aucune crainte. Bien qu'il n'y ait pas le moindre courant d'air, soudain, une brise légère provenant de la végétation enveloppe tendrement ces deux corps.

Au même moment sur la rive, Rosie a entendu leurs échanges et a ralenti son pas. En constatant le rapprochement de ces deux êtres, elle fait aussitôt demi-tour le plus discrètement possible pour préserver leur intimité. Sereine, elle retourne dans son jardin, heureuse qu'ils aient enfin trouvé chaussure à leur pied.

Pendant ce temps, sur le ponton, une relation amoureuse naissait aux Terres du Sauvage.

Remerciements :

Je remercie ma famille pour leur indéfectible soutien et leur amour.

Merci également à Élian et Danielle, leur amour pour la Camargue m'a inspirée.

Je remercie celles et ceux qui ont fait la relecture du manuscrit, leurs remarques encourageantes m'ont réconfortée et m'ont portée.

Enfin, un grand merci à vous qui venez de terminer ce roman, j'espère que vous avez eu plaisir à me lire.

Toutefois, les lieux, les évènements et les personnages de cette histoire sont purement fictifs, toute ressemblance ne saurait être que coïncidence.